ShiGeru
TonoMura

外村繁

P+D
BOOKS
小学館

目次

一

近江路は雪であった。

早暁、その雪道を踏んで、近江国神崎郡五個荘村の郷里を発った藤村孝兵衛が、途中駕籠(かご)を急がせ、江戸の街に入ったのは、丁度九日目の、天保十二年（西暦一八四一年）十二月二十五日のことであった。

流石に、度度の倹約令の故か、以前のように人目を奪うような飾り物は見られなかったが、軒毎にすっかり松飾りが立ち並び、竹の葉が空風に鳴っている江戸の街を、孝兵衛はいかにも旅馴れた足取りで歩いて行った。

日本橋を渡り、小田原町から伊勢町を過ぎ、堀留に出れば、新大坂町にある藤村店は直ぐである。この辺まで来ると、行き交う番頭や丁稚(でっち)達の姿にも、いかにも町人の街らしい空気が漂っていたが、店先には客の姿も少く、ひどくさびれて見えた。

孝兵衛が堀留の通を右に折れ、大丸新道にさしかかった時、白い手が、さっと大丸屋の暖簾(のれん)を掲げ、一人の若い女が出て来た。女は一寸孝兵衛の方を振り向いたが、そのまま急ぎ足で、孝兵衛の数間先を歩いて行った。一瞬、黒ずんだ地色の着物の襟を落した項（うなじ）の白さが、目に映ったようだったが、孝兵衛は直ぐ目を外らした。

突然、異様な気配に、孝兵衛が顔を上げた時には、いかにもどこから湧いて出たかといった感じで、咄嗟に逃げ出そうとしたらしい女を、三人の男が三方から取り囲んでいた。

女は左右を見配りながら、二三歩後に退って、塀際に立った。血の気を失った蒼白な顔。その切れ長い目は冷やかな光を帯びていた。

「御趣旨によって、取り調べる。女、帯を解け」

「こんな所で、帯が解けますか。お調べなら、どこへでもしょっぴいて行けばいいじゃありませんか」

「何言ってやがんだい。この忙しい年の暮に、一一そんなことがしてられるかってんだ」

「じゃ、御勝手に、いいようになすって下さいまし」

女はまだ二十にもなっていないだろう。どこか幼い感じさえ残っている。その口許（くちもと）には、それでも精一杯の冷笑が浮かんでいた。が、そんな女の勝気さが、却（かえ）って女というものを痛痛しく感じさせた。

この騒ぎに、道行く人は足を停め、両側の店先にも人影が動いた。いずれもいかにも臆病な善良そうな顔であったが、等しくその顔は厭（いや）らしく歪んでいた。

「言いやがったな。しゃら臭え」

一人の男の手が女の着物の裾にかかった。一瞬、女は無惨な姿を曝した。が、女は表情一つ動かさなかった。

「こ、これは何だ。おい、ひん剝くんだ」

「友七さん、じゃありませんか」

孝兵衛が走り寄って、流石にせき込んだ声を掛けた。

「えっ、旦那じゃねえか。おや、今、お着きでござんすかい」

「そうなんですよ。ちょいと親分」

孝兵衛は友七を路次横に誘って、驚く友七の手に一枚の小判を握らせた。

「えっ、旦那の御存じなんですかい。旦那もなかなか隅におけねえ。凄え代ものじゃありませんか」

「これでも、親分、そう見くびったものでもないでしょうが」

「いや、どうも、恐れ入りやした」

縞の引廻しに、脚絆を履き、荷物を振り分けに担いだ孝兵衛の姿は紛れもない町人の姿に相違なかったが、額は広く、鼻筋が通り、口を堅く結んだその顔には、深い陰翳が刻まれ、ともすると憂悶の影さえ漂うかとも思われた。頻りに愛想笑いを浮かべながら、孝兵衛の肩など叩いている友七に、孝兵衛は無口に一礼すると、女の方へは振り向きもせず、歩き出していた。

友七の差図を待ち兼ねるように、女の両脇に身構えていた二人の男に、友七は目配せをして言った。

「裏は花色、襦袢（じゅばん）は、桟留（サントメ）、湯文字は紅木綿だね。御趣旨に違わず、神妙じゃねえか。久しぶりの上卵（じょうだま）、にぬきに剝いてくれんとも思ったが、運のいいあまだ。旦那にお礼でも言って、さっさと消えて失せやがれ」

「お礼だって。いらぬお世話だよ」

女は吐き捨てるように言った。

「あんまり人を馬鹿におしでないよ。それともお前さんの目はガラス玉とでもいうのかね。桟留の長襦袢たあ、そりゃ一体、何のことだね」

「おっしゃったね。全くだ。紅木綿の湯文字なんて、お召しになるような、殊勝な柄じゃなかろうが、そこがそれ御趣旨を守って、格別、神妙だってことよ」

「何言ってやがんだい。意気地なし。断っとくがね、どこの馬の骨か、牛の骨か、あたしの知ったことじゃないんだからね」

「それほど望みとありゃ、もっと涼ませてやらねえこともねえが、この寒空だ、どこかでちょいと温まって来る方が、賢かろうというものだ。おい、行こうぜ」

友七も流石に引っ込みのつかないものを感じたのであろう。丁度、怯懦（きょうだ）な小動物が虚勢を張るように、友七は二人の男の方へ勢よく顎（あご）をしゃくって、歩き出した。

「チェッ、このまま行っちゃうのかい。もったいないじゃねえか」

「こんな売女、相手にするこたあねえ」

「だって、丁度頃合の師走風、俺、寒晒しに晒してくれんと思ってたんだがね」

三人の男は口口に敗け惜しみを言いながら、肩を寄せ合って、歩き去って行った。

悔しさが、一時に込み上げて来た。が、奇妙なことに、あんな男達への悔しさではなかった。怒りと、男というものに対する蔑みだけが、あのような凌辱にも堪えられていたのである。が、そんな女の必死の姿にも、あの見知らぬ男は見向きもしないで、立ち去って行ってしまったのだ。何か得体の知れぬ悔しさだった。女はむしろ呆然と、孝兵衛の歩き去って行った方角へ目をやっていた。

二

菱垣廻船積問屋共より是迄年々金壱万弐百両宛冥加上金致来候処問屋不正之趣も相聞え候に付以後上納に不及候尤向後右仲間株札は勿論此外とも都而問屋仲間並組合抔と唱候儀不相成候
右に付而者是迄右船に積来候諸品は勿論都而何品にても素人直売買勝手次第可為且亦諸家国産之類其外惣而江戸表へ相廻し候品々も問屋に不限銘々出入者共等引請売捌候儀も是亦勝手次第に候右の通問屋共に不限町中不洩様早々可相触者也

十二月

右之通従町御奉行仰渡候間問屋商売人者不及申町中家持借家裏々迄早々可相触候

天保十二年十二月十三日

町年寄　役所

そんな触状の写しを読み終った孝兵衛は、兄与右衛門の前にそれを置いた。

「厳しいお達しでございますな」

「さようさ」

兄の与右衛門も額は広く、鼻筋が高く通っていたが、孝兵衛とは反対に、ひどく太っていた。頬も豊かに脹（ふく）らんでいた。

「いや、確かにお剃刀（かみそり）が軽すぎましたよ。十組（とくみ）全体で一万二百両では、いかにお上でも、大した重しにはなりませんからね」

「そうなんだ。あんたは前からそう言うてられたが、この節の一万両、いかにお上でも、いらぬとおっしゃるか。いかにお上でもな」

与右衛門はいかにも孝兵衛の言葉が気に入ったように、二度繰り返し、低く声を立てて笑った。

問屋廃止の令を受けた与右衛門は、丁度郷里へ帰っていた孝兵衛を、四日限早飛脚をもって、呼び戻したのであった。

菱垣廻船積問屋というのは、菱垣廻船が廻送する商品を取扱う問屋であって、享保六年（西暦一七二一年）、江戸十組問屋が成立し、この菱垣積問屋を統轄するようになった。十組問屋は塗物組、内店組（絹・太物・麻布）、通町組（小間物・太物・荒物）、薬種店組（薬・砂糖）、釘店組（銅・鉄類）、綿店組、表店組（畳表等）、河岸組（油・紙）、奈良組（紙・蠟燭）、酒店組の十組に分れていて、当時、内店組に属し、近江国産布類並びに京呉服持ち下り商人仲間は、川並村塚本茂右衛門、町屋村市田太郎兵衛、位田村松居久左衛門、同松居忠右衛門、七里村平田源次、山路村櫛田九兵衛、稲葉村渡辺清十郎、大町村小西源次郎、京都布屋治右衛門と、この藤村与右衛門の十軒で、幕府への冥加上金の分担額は年二十両宛であった。が、当時の老中水野忠邦は所謂天保改革の一つとして、物価を引き下げる目的から、問屋の独占的暴利を防ぐため、問屋の解散を命じたのである。

「素人直売買などと申すものは、例えば、私どもが河岸へ魚を買いに行くようなもので、どうなるものでもございません。このようなお触れ出しではございますが、実際には、大したこともなかろうかと、存じますが」

「いや、しかし、一万二百両、あのお上がいらぬとおっしゃるほどの御決心だ。今度はなかなかのことと思われもする。まあ当分は触らぬ神に祟りなしさ。謹慎しているより他はなかろう」

この年の五月、忠邦が享保・寛政の趣意にかえるべき旨を令して以来、質素倹約に関する令は次ぎ次ぎに発せられ、十月には物見遊山の華美な服装を禁じ、十一月には下谷池の端弁天、上野山下車坂、浅草、深川、その他各所の盛り場を悉く取り払いを命じるなど、峻烈を極め、新興都市として、あれほど殷盛だった江戸の街街も、急に活気を失ってしまったのである。「諸品直下げ、或は百姓町人共衣類は勿論何品にても都て高価の品使用申間敷旨厳しく御仰出、鹿子之類山舞紋縮緬等売買遠慮仕舞置候程の儀にて都而呉服物相手少く所持の縮緬半値位の相庭に相成莫大の損失相立ち」という風に、彼等問屋商人も相当な打撃を受けたのである。

しかし、その取締は非常に厳格であったけれど、例えば川筋往来の日覆船が簾を下し、河岸や橋下に繋いで、中にて風紀を乱す者もあるように聞くから、寒気の時でも必ず簾を捲き上げておくようにとか、または、子供の手遊について近年高価な品が売買されているが、幼年より良い品を見馴れていると、自然に奢侈になるもとであるから、決して贅沢な品を売り出してはいけないとかいうように、いかにも末梢的な小役人根性の、それでいて徒に歯を嚙み鳴らすような、苛酷な苛立ちが感じられた。

　幕府は更に進んで問屋の禁止を命じたのである。奢侈、高物価、懦弱、頽廃、まるでそれらのこの時代の病源が、総て問屋の故であるかのように。が、その時代の問屋は既に幕府から与えられた特権ではなかった。つまり政治力の保護を必要とする、ギルド的な存在からは遥かに成長してしまっていた。彼等にはいかなる困難にも堪えることの出来る資力と、いかなる困難をも乗り越えることの出来る精神力とを持っていた。しかも新興市民の感情を、つまり下情を、自らの身の中に知っていた彼等が、却って当局者の焦躁を感じ取らないはずはなかった。彼等

は表面には謹慎を装いながら、内心驕慢な誇りを懐いて、竊かにその機の来るのを窺ってい
るようだった。
「しかし……」
孝兵衛が、その優しい、むしろ憂鬱そうな表情の、どこにそんな不敵なものが潜んでいたか
と思われるような視線を向けて、与右衛門に言った。
「ひどく下りましょうな」
「うむ、下ろうな」
「買いでございましょうな」
「それだよ。折角帰国中のあんたに、わざわざ下向願ったのは」
「多分そんなことだろうとは思っておりましたが。時機を見て、一艘、松前へ廻してみても、
面白いかも知れませんね。廻船の連中も、相当こたえておりましょうからね」
「そうだよ。全くこんな機会に、ぼんやりしていては、商人の冥加にかかわるというものだよ」
先刻、孝兵衛の視線に宿っていた不敵な翳はもう消えていた。二人はむしろひどく愉しそう
でさえあった。まるで、二人が顔を見合わせておれば、どんな困難な事が起こっても、少しも
恐しくないかのようであった。
台所方の久助が丁稚を連れて、夕食の膳を運んで来た。
「すっぽん鍋にしましたよ。寒いからね」

「それは結構ですね」

「お疲れになったろう、さあ」

「いや、お注ぎしましょう」

二人は酒を汲み交わした。二人とも酒は嗜む方であったが、与右衛門は何の屈託もなく、いかにも盃の酒を口の中に放り込むような、豪放な飲み振りであり、それに反し、孝兵衛の飲み方はひっそりと、何かを味いしめるとでもいった風であった。

「この節は、いかがでございます。向島の方は」

「御遠慮、御遠慮。神妙なものだよ」

「どうですかな。そればかりは一寸信用致しかねますね」

「ほんとだよ。この間も、きつい便りをよこしたけれどね」

「それごらんなさい。越前さまも恐しいが、あちらさまのはもっと恐い」

「いや、大きに」

二人は声を上げて笑い合った。与右衛門は愛妾を向島に囲っていた。が、その時、ふと孝兵衛の頭に浮かんだのは、大丸新道の女の姿だった。瞬間のことではあったが、緋縮緬の強烈な色彩の中に、剥き出された二本の女の脚を、孝兵衛は見てしまったのである。しかし女は表情も変えず、今も孝兵衛の頭の中で、彼の妄想を冷笑しているではないか。

何という女であろうか。白昼の街上、腿のあたりまで曝し出された女の脚は、爬虫類の膚のような生臭いものを感じさせたが、二つ並んだ膝法師の白さが、今もまだ頭に残っていたのかと、孝兵衛は竊かに苦笑に紛らわせるより他はなかった。

三

年末の街には、人人が何か心忙しく行き来していたが、時節柄、藤村の店には客はなかった。店先には二人の手代が坐り、その後に丁稚達が並んでいた。次ぎの間には、一人の番頭が机に向かって、算盤を弾いている。その玉の音が寒冷な静けさの中に単調に響いている。奥帳場の、腰折障子の衝立の中では、与右衛門が目を閉じて、坐っていた。しかし眠っているのではないことは、火鉢にかざしている、太った、柔かそうな手を、時時、開いたり、閉じたりしていることでも判る。孝兵衛は与右衛門の代理で南番所に出頭しているので、留守であった。

少し風があるらしく、薄い陽射しの中に、暖簾が鳴っている。そんな昼下りの一刻、通りかかった若い女が、暖簾の下から、意味ありげな視線を店先に投げて、行き過ぎた。二人の手代は殆ど同時に顔を見合わせ、少しあわてて顔をそらした。女はそれほど美貌であったし、その容姿にはこぼれるような艶しさがあった。

「何だい」
「何だい」

二人の手代は、寸時、ひどく腹立たしげに睨み合ったが、また急いで顔を返した。風が竹の葉を鳴らし、暖簾を翻して、吹き過ぎて行く。

再び、反対の方向から引き返して来た女は、店の前に通りかかると、また素早い一瞥を投げて行き過ぎた。女は素足だった。

「何だい」

「お前こそ、何だい」

二人の手代は堪りかねたように、噴き出した。が、急に真面目な顔になって、交互に奥帳場の方を伺った。

「何者だろう」

「変だね。どうしたんだろう」

軽い動揺が丁稚達の間にも伝わった。次ぎの間の番頭が頭を上げ、店先の方へ目を遣った。

丁度、その時だった。女が暖簾を分けて入って来た。

美しい素足だった。指先から土踏まずのあたり、女の足というものはこんなに赤いものかと思われるほど、鮮かに血の色がさし、却ってその色の白さが目に染みた。女は、時節柄大胆にも鼠地七子の小紋の着物に、黄色地の天鵞絨の帯を締めている。が、その目には冷ややかな光を帯びていた。

「一寸伺いますが、こちらさまに、孝兵衛さまって、いらっしゃるのでございましょうか」

二人の手代は思わず顔を見合わせたが、流石に商人らしい物馴れた調子で、互に言った。

「へえ、さようでございますが……」

「唯今は、一寸お出かけになっとりますが……」

「そう、お出かけ？　じゃ、またにしましょう」

「もしもし、失礼ですが、どなたさまでございましょうか」

「いいの、そんなことは。また、伺うわ。いえ、もう伺わないかも知れないわ。そうおっしゃっといて」

一瞬、女は口許に微かに冷笑を浮かべたかと思うと、さっと身を翻すように、暖簾の外へ出て行ってしまった。

与右衛門は不恰好に立ち上ると、その豊かな頰に、まるで大笑いでも溜まっているかのように、深い筋を寄せながら、呆然と女の去った後を見送っている手代達の方へ近寄って行った。

「えらい別嬪さんだったね。ええ文吉」

「いえ、どうも」

「だが金蔵、確かに、尾っぽはなかったろうな」

「へえ？」

そう言えば、女の出現はあまりにも唐突のことであった。しかも、不意に消え失せてしまった女の姿は、絵草紙の中の女のように美しかったが、却ってひどく頼りなかった。金蔵は愚直そうな顔を上げ、怪訝らしく言った。

「確かに、なかったようでございますが」

「ほほう、なかったか。して、何と言うんだね」

「何だか、その、孝兵衛さまがいらっしゃるかと、申されましたが」

「ええ？　孝兵衛が。それはまた珍しいこともあるものだ。すると、やはり街道筋にでも棲む狐かも知れないね。名前は言わなかったか」

「お尋ね致しましたが、また伺う、いえ、もう伺わないかも知れない、って……」

「ふむ、そんなことを言ったか。こりゃ少少面白そうになるかも知れないわい。そ、そんな洒落臭いことを言いおったか」

与右衛門はいかにも嬉しそうに、声を上げて笑った。

七つ時、と言えば、冬の日の、もう夕暮の色も濃い。

「少し、遅いようだな」

与右衛門がそう呟いて、もう何度目かの顔を上げた。しかし孝兵衛がいつものように固く口を結び、静かな物腰で帰って来たのは、それから直ぐのことだった。与右衛門は孝兵衛の姿を見ると、奥帳場から飛び出して来た。

「孝兵衛、えらいことだ。凄い別嬪さんじゃないか。一体どうしたんだね」

「ええ、別嬪さんですって。こちらこそ、一体、どうしたんです」

「そんなに白ばくれなくったっていいんだよ。左様、齢は二十になるか、ならないか、とにかく素晴らしい美人が、あんたを尋ねて来たんだよ。いや、どうも、どうも」

与右衛門はひどく上機嫌で、孝兵衛の肩を抱えんばかりにして、奥座敷へ入って行った。

愛情というものに、少しも恥じらいを感じない、そんな兄の素直さに、孝兵衛はいつも心を打たれながら、そのまま兄に応えるには、孝兵衛はあまりにも面映(おもは)ゆいのである。しかし与右衛門はそんな弟の内気さが一入(ひとしお)いじらしく、更に底抜けの愛情を注いで来る——子供の頃、肩に掛け合った手の力の入れようにも、そんな相違の感じられる、二人はいかにも性の合った兄弟であった。二人が座に坐ると、孝兵衛は苦笑を浮かべて言った。

「全く、美人どころじゃありませんよ。今日はきついお叱りでございました」

「そうだったろう。すまん、すまん」

「矢部様は昨日お役御免になられまして、桑名とかにお預けになったと、承りました」

「矢部様では、手温(てぬる)いというのかね」

「そのようでございます、今日は、そのお後役の鳥居甲斐守様からお小言をいただいたのですが、鳥居様という方はなかなか学問はおありのようにお見受け致しましたが、よほど商人という者がお嫌いのようでしてね、士農工商、士は身命を捨てて御奉公を致す、農は汗を流して耕作をする、工はそれぞれの仕事に骨を折る。しかるに商人は怪しからん、寝ていて利を貪(むさぼ)り、贅沢三昧(ぜいたくざんまい)に耽(ふけ)っている。以ての他の不心得者と申されました」

「一一、御もっとも」

「いや、実際ひやりと致しましたよ。『例えば、すっぽん如き物を喰う』なんて、おっしゃるじゃありませんか。もっとも、『すっぽんが鰯の如く沢山あるものならば、あんなものをうまいと思う者は一人もあるまい』というような、一寸変ったお説ではありましたがね」

「へえ、味と値段とをお間違えのようだが、なかなか面白いことをおっしゃるじゃないか。すっぽんが鰯のように多かったら、勿論値は下る。しかし味は変るまい。すると、売りか、買いか、一寸面白いところだね」

「遠山様もお立会でございましたが、すっぽんの件では、にやにやお笑いになっておられましたよ」

「そういう方だよ。あの方には、人気という大事なものがあるからね」

「とにかく、追追と触れ出される御趣旨を守り、倹約を致し、何品によらず、素人直売買勝手、また明寅年(とらどし)元旦よりは、高価なものはきっと商売停止、とのことでございますが、その御人相から申しましても、激しい御性格のようですから、これからは益益うるさいことでございましょうよ」

「どうやら、商売には勿論のこと、お政治向きにもお素人の様子だから、何が飛び出すか判ったものじゃないよ。全く素人ほど恐しいものはないからね。素人には恐しいことも、恐しいとは判らない。まあ、こちらは当分高見の見物だ。その中に、向こうさまから、勝手にへとへとにおなりになってしまうだろうよ。素人というものは息の続かないものだからね。いや大へん御苦労だったが、そんなことはもういいだろう。それより、あの別嬪さん、どうしたんだろうね。本当に心あたりはないのかね」

勿論、孝兵衛の頭に、あの驕慢な女の姿が浮かばないわけではなかった。しかし、あの女は孝兵衛を憎んでいる。そうして、あの場合、憎悪以外に、あの凌辱に耐え得なかったであろう女の感情も、孝兵衛には判るのである。

「そう言えば、こんなことが、あったんですがね」

孝兵衛は一昨日の大丸新道での出来ごとを語った。

「若しも大丸屋さんに御迷惑がかかってもいけないと存じましてね」

「なあんだ、そんなことがあったのか、その女だよ、その女にきまってるよ。それを、今まで黙っているなんて、あんたもなかなか人が悪い」

「しかし、そんなはずはないと思うんですがね。あの時、女は私に対してひどく怒っていたようですからね」

「いや、その女に違いないよ。女はあんたにぞっこん惚れている」

「女は確かに、いらぬお世話だって、言ったのですからね。女は私の方など見向きもしませんでしたよ」

「そういう女なんだよ。あの目が、そういう目だったたよ。ひどくきかん気でいて、内心は途方もなく人が好いんだね。だから、思うことと、することが、いつも逆になるんだよ。『また伺う、いや、もう伺わないかも知れない』なんて、洒落臭いことを言ったつもりだろうが、いじらしいものじゃないか。こいつはどうしても奢ってもらわなならんね」

「しかし、考えてみると、江戸という所は恐しい所ですね。愛知川の宿からの早駕籠代が合わせて四両足らずでしょう。それが、どうです、店と目と鼻の所まで来ていて、小判が一枚吹き飛んでしまうのですからね。その上奢れなんて、飛んでもない」

与右衛門は愉快そうに腹を揺って笑い出した。

「なんの、この罰当り奴が。あんな別嬪に思われて、小判の一枚や二枚、安いもんだよ。ね、ちょいとそこらまで出てみようよ。これじゃ、祝酒と来なくっちゃ、何としても治まらんよ」

そう言ったかと思うと、もう立ち上っている与右衛門を見上げながら、孝兵衛は危く噴き出すのを怺えるため、無理に怒った風を装って言わねばならなかった。

「それこそ、飛んでもないこと。今も今、お叱りを受けて来たところじゃありませんか」

「それなんだよ。だって、来年からは、もうすっぽんもいただけなくなるかも知れないって、言ったじゃないか」

四

倹約令が更に厳しく発せられた時節柄とは言え、街には流石に江戸らしい正月の風情が漂っていた。麻上下（あさがみしも）や、羽織袴（はおりはかま）の年賀客が衣を鳴らして行き交い、のどかな羽子板の音のしている横町からは、華やかな笑声も聞こえて来た。獅子舞（ししまい）の笛の音、猿曳の太鼓の音、白酒売りや宝船売りの売り声も、街街に流れている。

与右衛門の迎えを受けた孝兵衛は、そんな街街の賑いの中を通って、料亭「亀の尾」の門を潜った。

女中に案内されて、孝兵衛が一室に入ると、そこには与右衛門の姿はなく、若い女が一人、後向きに坐っていた。それが大丸新道の女であることは、孝兵衛には直ぐ判り、いかにも与右衛門らしいいたずらと、苦笑された。

「あなたでしたか」

女は顔を上げた。瞬間、その白い顔が薄紅色に濡れて行くかと思われるほど、鮮かな色に染まった。

「りゅうと申します」

りゅうはちらっと孝兵衛を見上げてから、その大きい黒目の目を伏せた。

「兄は帰ったのですか」

りゅうは小娘のように頷いた。あの時の、あの凄艶な印象とは、あまりにも激しい変り方だった。よく見ると、その唇のあたりには、まだ娘らしい翳さえ漂っている。女の心というものは、こんなに妖しく変るものかと孝兵衛には不思議に思われた。

女中が銚子を運んで来た。りゅうは銚子を受け取ると、それを胸のあたりに持ち、孝兵衛の顔を見上げて微笑した。いかにもほっとしたような、そんな心の底から思わず零れ出たような、あどけない微笑であった。孝兵衛は静かな表情で、盃を取り上げた。

「さあ、あなたも一つ、いかがですか」

「あたし、至って不調法ですの」

「まあ、いいじゃありませんか。お近づきになったしるしに。一つ」

りゅうは両手で盃を持って、酒を受けた。

「全く不思議な御縁でしたね。あの時、私は田舎から下り着いたばかりだったのですよ。田舎者のいらぬおせっかいと、まあ、勘弁して下さい」

「まあ、そんなこと」

「いや、あの時の、あなたの気持は、私にも判らないこともないのです。後になって考えてみると、あなたにとっては、全くいらぬお世話だったんですものね」

一瞬、りゅうの眉間のあたりに、険しい表情が走った。が、あの時のような悔しさは、今はもうなかった。むしろこうして孝兵衛の前に坐っていると、不思議なことに、優しい感情が頻りに湧いた。

「いやですわ、もうそんなお話」

りゅうはまた初心（うぶ）に顔を染めた。赤く染まって行く左の頰下に、小さい黒子（ほくろ）が一つ。孝兵衛も流石に美しいと、思わず口を噤（つぐ）んで眺めていた。

孝兵衛は急いで盃を飲み干した。そうして、まるで自分自身に言い聞かせているような調子で語り出した。

「あの時、あなたに出来ることと言えば、何も彼も、無視することだけだったんです。そうして、確かに、あなたはそれに成功していた。それに、私のような者が横合いから飛び出して来て、いらぬことをしてしまったものですから、折角のあなたの気持を乱してしまったのです。あなたがお怒りになったのも当り前のことです。あなたを辱めたのは、むしろ私だったのです」

孝兵衛の顔には、まだ少しも酒気は出ていなかった。孝兵衛は思い返したように、微笑を浮かべながら、調子を改めて言い続けた。

「しかしね、おりゅうさん。私は決してあなたをお助けしようなどと思ってしたのではないんですよ。大丸屋さんは、私どものお得意先ですからね、若しも御迷惑がかかってもと思ったまでなんですよ」

「いいえ、あなたは、あたしを助けて下さったんです」

妙に勢込んだりゅうの姿は、却ってひどく無邪気に見えた。

「ほう、私が、あなたを。そんな訳がないじゃないか。しかし、そう言われてみると、大丸さんのためばかりでもなかったかも知れないね。つまり、私の町人の血がさせた業でしょうよ。私はね、ああいう場合に行き合うと、この血が勝手にむらむらと荒ら立って、どうしようもないのですよ。しかし私達町人に出来ることと言えば金より他にはないでしょう。お武家さんに言わせれば、あまり品の良いことではないかも知れないが、それが逆に奇妙な満足を与えてくれるんだ。ざま見ろ、ってね。つまり町人根性というものでしょうがね。さあ、もう一つ」

「あたし、ほんとにいただけないの」

「いいじゃないか。今日はお出会い出来てよかったね。お詫びと言えば少し変かも知れないが、いろいろお話したかったんだよ」

「それ、ほんと」

「ほんとだとも。だって、随分恐しい顔してたからね」

冬の薄陽の差している障子には、南天樹らしい葉影が映っていたが、その葉影もいつか消えた。薄暗い部屋の中には、目の縁も赤く染めたりゅうの顔が浮き出たように白い。そこへ、襖に大きく二人の影を映して、女中が燭台を持って来た。

「いいえ、あたし、怒ってなどいなかったわ。恥しかったの。あなただけには、恥しかったの。それなのに、あなたは私の方なんか、見向きもしないで、とっとと行っておしまいになるじゃないの。あの時は、あたし、悔しかった。あたし、あなたの後姿見てたら、ひとりでに涙が出て来たのよ。そしたら……」

りゅうは幾分苦しそうに、一気に盃を飲み干した。

「そうだったの。ね、おりゅうさん、今夜は二人で酔おうじゃないか。そうして気持よくお別れしようよ」

孝兵衛も盃を干して、りゅうに差した。

「そしたら、あたし、少しきまりが悪いなあ、けど、言うわ、あたしのような女でも泣けるのかと、嬉しかったわ。そう言えば、あたしったら、いつから泣かなくなってしまったんだろう。だって、あたしのような女が泣くなんて、第一おかしいじゃないの」

「そうか、そうだったのか、私は怒っているとばかり思っていたが。しかし、私の留守中、店へ来られたそうだね」

「あたし、ね……」

りゅうの顔に、再び怒りにも似た、険しい表情が漂った。りゅうの負けぬ気の反抗心が、目に見えぬ何者かへ、直ぐ挑みかかろうとするかのようだった。

「あたし、体を買っていただこうと思ったのよ。すると、やっぱり怒ってたのか知ら。そうじゃないわ。だって、私のような女には、それより他にお礼のしようがないのですもの」

「そうか、やはり怒ってたんだね。そんな負い目を突き返したかったんだね。しかし前にも言ったように、あなたのためにしたのではないんだからね。負い目なんか、少しもありゃしないんだよ、しかし。それじゃおりゅうさん、その後、どうして来なかったの」

「あたし、ね……」

りゅうの白い顔から、薄霧の散るように、あの険しい相は消えた。りゅうは殊更小首を傾げて、暫く考えている風であったが、白い、綺麗な歯を見せて、微笑した。

「あたし、いい子になろうと思ったの。あたしは、いけない女ですわ。だけど、あなたにだけには、そう思われたくなくなったの」

幾度か新しい銚子が運ばれた。しかし孝兵衛は酔えば酔うほど、頭がますます澄んで行くような人であった。りゅうはすっかり酔っていた。

「もういいの。そんなお話、もういいの」

りゅうは孝兵衛の膝に寄りかかり、孝兵衛の指を弄(もてあそ)んでみたり、その手を両手で包んだりした。

「綺麗にお別れしよう、か。冷い人、この人は」

りゅうは盃を取ると、まるで口の中へ酒を流し込むようにして、飲んだ。

「よう、誰よ、こんなにあたしを酔わせたのは。それなのに、こんな知らん顔、憎らしいわ」

孝兵衛はそっとりゅうの手を取り、燭台に向けて、その指先を見詰めた。酔眼にも、薄紅を差したりゅうの指先には、美しい指紋が廻っていた。

「これも綺麗に渦を巻いているね。おや、これも」

りゅうはその手を孝兵衛に委せたまま、じっと孝兵衛の顔を見上げていたが、不意に、叫ぶように言った。

「この目だわ。この目が見たんだわ。いっそ、くり抜いてやろうか知ら」

孝兵衛はあわててりゅうの手を下し、怪訝そうにりゅうを見た。酒に酔ったりゅうの頭が何か妄想を描くのか、りゅうは脅えたように一点を見据えている。

「目が、目が、沢山の目があったわ。道の上にも、家の中にも光っていたわ。ぎらぎら光っていたわ。だけど、そんな目なんか、しようと思えば、佃煮にだって出来るんだもの、どうだっていいの。この目よ。この目だけは違っているんだもの。恥しい」

りゅうは孝兵衛の膝の上に顔を伏せた。その膝に、りゅうの荒い呼吸が伝わった。孝兵衛はりゅうの背に手を置いて、言った。

「おりゅうさん、目は、どれも違いはしないんだよ。人間というものはね、誰も同じものなんだよ」

「嘘、嘘、振り向きもせず、とっととことっとこ行っちゃった。でも、それでいいの。私、善い女になるんだもの。綺麗な目、汚したりしてはならないの」

りゅうはふらふらと揺れながら、立ち上った。いかにも中心を取りかねる、その様子で、りゅうがひどく酔っていることが判った。

「酔ったわ。ほんとに、あたしは飲めないって、言ってんのに、誰がこんなに酔わしたの、苦しい」

「そりゃいけない。少し休んだ方がいい」

「何言ってんのよ。これっぱかりの酒で、酔っ払うようなあたしじゃないんだ。帰るわ、帰るわ。もう会わない」

りゅうは荒荒しく襖を開けると、危げな足音を残して、立ち去って行った。孝兵衛は無言のまま、その後を見送っていた。

五

天保十三年（西暦一八四二年）正月四日、森田、市村、中村三座を浅草に移す。

正月十一日、大納言徳川斉荘、大納言徳川斉順、陸奥守松平慶寿三藩の廩邸に於て米券を売買する会場を廃閉せしめ小網町第三街に於て武家の租米負担売買する会場を廃閉せしむ。

前者は、堺町葺屋町にあった芝居小屋や、俳優の住宅までも取り払って、浅草聖天町の、俗に姥ヶ池と言われている小出伊勢守の下屋敷へ移したのである。江戸市民文化の中心とも言われる芝居が、このような場末の地に追い払われたのであるから、それに関係のある者の怨みを買ったことは言うまでもなく、市民大衆の、つまり輿論というものの、反感の強かったことも想像出来よう。

後者は、先の菱垣積問屋の禁止が、産業資本に対する圧迫であるとすれば、金融資本に対する弾圧であるということが出来よう。

当時、諸大名の蔵元が蔵米の保管と販売を行い、札差がそれの受取と売却とを委せられていたのであるが、既に財政が逼迫（ひっぱく）していた大名旗本は租米を売ってから、代金を受け取るだけの余裕がなく、租米を担保にして札差から融通を受け、利息を払っている者が多かった。近年、この金融には、札差ばかりではなく、町人も参加するようになっていたのである。

後三月、南北町奉行が、その部下の与力同心に対して、衣服の制限を設け、節倹を命じているので判るように、この政令は一面武家の節約を金融面より強制する目的でもあったようだ。しかし問屋の禁止が、一時的ではあったが、物価の暴落を来たし、資力ある町人達によって商品の出廻りを阻止せられ、却って一般消費者を苦しめたように、この米券売買の会場の閉止によって、困窮した者は、富裕な金融業者ではなく、下級の武士階級であったのである。

「いよいよ火の手が熾（さか）んになって来たようだね。そろそろ腰を上げるとするか」

藤村店の奥の間で、与右衛門が孝兵衛にそう言った。

その部屋の壁には、日本地図と、得体の知れぬ地図のようなものとが貼ってあった。日本地図は毛筆で描かれたもので、北海道の南部が比較的委（くわ）しく描かれているのは、一昨年蝦夷（えぞ）地に渡航した孝兵衛の意見に因るものであろうか。今一つの地図は、与右衛門が半ば空想によって描かせた世界地図なのである。

「今度は私が参ることに致しましょう。御時節柄、あなたがお留守では、何かと案じられますから」

「飛んでもない。そんなことをしたら、あの人に恨まれる」

与右衛門は世界地図に限らず、地図というものにひどく興味を持っていた。山があり、川があり、野があり、人が住んでいる。土地には、米や、桑や、棉や、それぞれの産物を生じる。産物は舟や車で人の集まる所へ運ばれ、そのために、更に大勢の人が集まり、町が出来る。町はだんだん大きくなって行くだろう。田や畑はどしどし拓(ひら)かれて行くだろう。が、そのためには、広い平野がなければならないだろう。大きな川がなければならないだろう。江戸、名古屋、大阪……。

殊に、藤村家の墓地がある竜潭寺(りょうたんじ)には、彦根井伊家の菩提所(ぼだいしょ)がある関係から、井伊家の家士に世界地図を示されて以来、彼の地図に対する情熱は倍加した。「大清」や、「天竺(てんじく)」や、「おらんだ」や、「大寒極、人住まず」等等、空想は更に空想を呼び、途方もない地図を描くのだ。そうして、どんな出鱈目(でたらめ)な地図も、彼の空想の妨げには少しもならなかったのである。

「そんな、冗談ではないのですよ」

「全く、冗談じゃないんだよ。わしは却っていない方がよい。こういう時には、わしのような気性の者は、とかく気が立っていかん。あんたの冷静な頭でじっと見ていてくれれば、それが一番だよ。こんな時には、何もすることはない。御趣意を堅く守って、精精おりゅうさんをかわいがってやってくれてればいいんだよ」

孝兵衛は地図などというものに、与右衛門のような興味はなかった。山が聳え、川が流れ、海が寄せ、日が照り、雨が降り、風が吹く、この広い日本の国国が、一片の紙の上に、何という空空しい形に描かれていることであろう。例えば、魔法使いを封じ込めた小函のように、むしろ孝兵衛には無気味でもあった。

ましで得体の知れぬ世界地図などというものを見ていると、小心な孝兵衛は、少年の頃、落葉の中に埋まって、はてしもない大空を眺めながら、感じたような恐怖をさえ覚えた。この生命の存在に対する不安なのかも知れない。あの時、強く鼻を衝いた落葉の香は、つつましい実感として、今も忘れられない。

しかし、孝兵衛は与右衛門の子供のような情熱を羨ましいと思うことはあっても、決して軽蔑することは出来なかった。むしろ、孝兵衛は自分の女女しい執着が、ひどく厭らしく思われることもあった。

「それはまた結構過ぎるようなお役目でしょうが、私だって町人の一人ですからね。時には、我慢ならない時も、ないと申せませんからね」

「しかし、何と言っても、あんたにはおりゅうというものがある。幾分は、気も紛れようと言うものだ。今度はどうしても私に行かせてもらいましょうよ」

「意地の悪いことをおっしゃる。おりゅうとは、いやはや、飛んだ者が飛び出して来たものだ」

「何を、この罰当り奴が。今度は、あんたの負けだよ。いや、これは愉快、愉快」

与右衛門はいかにも楽しそうに、腹を揺って笑い出した。

その翌朝、下野(しもつけ)、上野(こうずけ)の機場(はたば)を経て、信濃路、木曾路を越えて、名古屋に出る予定で、新大坂町の店を発った与右衛門と、それを見送る孝兵衛とは、二人肩を並べて、奥州街道を北をさして歩いて行った。

春はまだ浅かった。空の色こそめっきり春めいて、紫がかった、艶艶しい色を帯びていたけれど、北風は真正面から吹きつけて来た。油紙裏の引廻しを翻しながら、頬を子供のように赤くした与右衛門は、ひどく上機嫌であった。脚絆を履き、草鞋(わらじ)の紐を締め、着物の裾を帯の間に端折り、荷物を肩に振り分けると、与右衛門は、十四の時、初めて父に伴われて旅に出た、あの初初しい感情が自然に蘇って来るようであった。

「信濃路はまだまだ御難儀なことでございましょうな」

「さよう、雪はまだ残っていような。しかし、信濃路の景色は大きくってね、山は嶮(けわ)しいしね、いいものだよ」

「ほんとに、兄上は旅がお好きなんですね」

「やはり親爺さんの子なんだろうね。もっとも、親爺さんのは旅より、商売の方がお好きだったのかも知れない。わしのようなのは商人としては、邪道だろうがね」

「いや、どう致しまして。兄上のは両方とも、格別お好きなんですよ」

「これはこれは。しかし、峠などを、一つ、一つ、越えて行く感じ、楽しいものだね」

小塚原の刑場に近く来た時、与右衛門は足を停めて、言った。

「それじゃ、ここらでお別れにしよう」

「では、随分とお気をつけられまして」

「じゃ、留守中、頼みますよ。孝兵衛、おりゅうさんによろしく」

いたずらっぽい微笑を浮かべてそういうと、与右衛門は引廻しを鳴らして歩き出した。与右衛門は、最早、振り返ろうともせず、いかにも確かな足取りで、北風の中へ歩き去って行った。

それから十数日後、孝兵衛は与右衛門からの手紙を受け取った。意外にも水戸からの手紙であった。


水戸紅花、走り口上花七十両位の相庭、栗橋善七様此頃出府被致水戸表残花相応有之処二十両方も下落、此処調候はば急度勝利之旨御勧有之、善七様申分随分見込有之、予定変更早速発足にて、水戸上町織右衛門様方へ出張諸〻引合値組致候処噂程下落無之、相庭よりも凡十四両口下値の釣合を以て、上花相選二十駄斗相調御送付致候明日当地出発結城足利経て高崎可入候おりうさんによろしく

以来、高崎から、信濃へ入って諏訪から、木曾の福島から、名古屋から、最後に大垣から、

与右衛門の通信があった。

御別候しは朔風膚刺頃に候しも以来水府寄道、野州上州経信濃木曾山々越、無恙当地参着候へは桜花も既散果新緑之候と相成居候当地相庭存外手堅尾州三州共木綿見送名古屋孫九郎殿並濃州竹ヶ鼻文助殿両家にて桟留縞少少買付四日市へ積下し置候間左様御承知被下度候おりう殿御機嫌如何や随分可愛がつておやり被下度候

孝兵衛はこんな与右衛門の手紙を読みながら、ふと地図の方へ目が移り、あの与右衛門がこんな所を歩いて行ったのかと、ひとり苦笑されたりした。

が、天保の政令はいよいよ厳しくなって行った。

正月十九日　米価を貼紙に記載し各舂舗に会示せしむるの方法を定む。

三月　往来婦女子の服装を取調ぶ。

同十八日　売淫婦の取締りを厳重にし、これを吉原に追い料理店の婦人を解雇せしめ男妾を禁ず。

四月　富興業を一切厳禁し寄席の取締りを励行し神社仏閣の見世物を禁じ文身を禁ず。

五月十五日　土弓場の禁規を令示す。

六月　風俗を害する猥褻の絵画を痛禁す。

七月　人情本流行を禁ず。

六

近江商人は中郡と呼ばれる湖東の蒲生・神崎・愛知・犬上郡がその中心地であって、委しく言えば、日野商人、八幡商人、中郡商人と呼ばれるものである。

が、それにしても、気候も温暖で、土地も肥え、水利も良好な近江の湖東地方の農民の間から、何故特に近江商人と呼ばれるような商人の一群が発生したのか。

第一に考えられることは帰化人説である。

日本書紀巻第二七天智天皇紀の四年（西暦六六五年）二月「百済の国の百姓男女四百余人を以て、近江国神前郡に居く」とあり、同じく八年（西暦六六九年）「佐平余自信、佐平鬼室集斯等男女七百余人を以て、遷りて近江国蒲生郡に居らしむ」とある。また、これより以前、垂仁天皇紀の三年（西暦前二七年）「新羅王の子天日槍来帰けり。（中略）是に天日槍菟道河より泝りて、北のかた近江国吾名邑に入りて暫く住む。（中略）是を以て近江国鏡村の谷の陶人は則ち天日槍の従人なり」ともあり、陶人、即ち蒲生郡鏡山村須恵の地名として残り、附近より銅鐸が出土している。

万葉集（巻一、十三）には、次ぎの一首がある。

天皇蒲生野に遊猟し給ひし時　額田王の作れる歌

茜さす紫野行き標野行き

野守は見ずや君が袖振る

また書紀（巻十四）、大泊瀬皇子が市辺押磐皇子を害しようとして、欺いて狩猟に誘った条にも、次ぎのように書かれている。

「近江の狭狭城山君韓帒（神崎郡観音寺城主佐々木氏の祖歟）言さく、今、近江の来田綿の蚊屋野に猪鹿多に有り。其の戴げたる角、枯樹の末に類たり。其の聚まれる脚、弱木の株の如し」

これ等によって、当時の湖岸には蒲草が密生していて、猪鹿の走る原野だったことが想像される。天智の頃になれば、多少水田も開けていたであろうけれど、朝廷は帰化人を蒲生、神崎の地に移し、更に土地の開墾に従事せしめたものと思われる。

以上の他、蒲生野、今の八日市附近に「狛の長者」の伝説がある。神崎郡には大字高麗寺があり、愛知川の水を引き、八日市、中野、市辺、老蘇の水田を灌漑したと思われる狛川、一に狛の井、または筏川（いかだ）というのがある。これは狛氏が蒲生野を開拓した遺跡であり、応長元年（西暦一三一一年）の内野共有の田券には、この地方を狛野郷と書かれている。

前記の天日槍の従人の中に陶人がいたことや、聖徳太子が摂津四天王寺を建立する時、土を取って瓦（かわら）を作らせた土地に一寺を建て、それが神崎郡建部村字瓦屋寺であることなどから、彼等帰化人の中には、それぞれの技術を持った工人がいたことが察せられる。彼等は農耕に従事しながら、必要な器具を生産したであろうことも、同時に推せられる。

従って、彼等の製品に余剰を生じた場合、これを交換、売買することは自然のことであり、製品は商品として生産されるようになり、座の発達を促し、市場商人の発生を見る。

殊に、近江は奈良、京都、大津、宮等、都に近かったため、朝廷や寺院の強力な保護、奨励を受け、産業は急速に起り、市場商人達は次第に特権商人として、繁栄して行ったのであろう。

その代表的市場の一つである、八日市市庭の発生について、『八田市場市神之略本記』には次ぎのように書かれている。

「推古天皇の朝、聖徳太子が難波の荒陵に四天王寺を建立せられし時、神崎郡白鹿山の東麓の土を以て瓦を作り給ひ（中略）且つ白鹿山の巽桴川（いかだ）の北に民屋数百戸を置き同天皇九年辛酉（西暦一三一八年）(1)三月八日始めて市店を開き交易の道を教へ給へり云々」

その真否は不明であるが、瓦は百済から伝えられたものであるから、帰化人開市説ともさして牴触(ていしょく)はしない。

この八日市市庭も、奈良時代には東大寺、興福寺等、奈良寺院の、平安時代に入って延暦寺の、下って近江源氏佐々木氏の保護下に、殷盛を極めた。市庭は市場税（沙汰、オワシ、樽料と呼んだ）を、佐々木氏に納め、出座商人は権利金を市庭に納めた。

謹申上

野の郷商人等市御わしの事

一、四十九院市七月五十文、十二月五十文毎年御わしいだし申候市奉行御とり候

一、長野一日市に七……同文

一、愛知川市同文

右徳進申上分もし偽り申候はば堅御きうめいにあづかり可申候仍如件

応永二十五年（西暦一四一八年）卯月一日

当時、市庭の商品は、呉服、油、相物、塩、海藻、海苔、土器、ワゲモノ、麻苧(あさお)、農具、金物、綿、紙、伊勢布、農産物等、他に博労座のあったことから、牛馬の交換売買のあったことも推測される。

尤も、近江国は海に接していないので、塩その他の海産物を得る必要上、早くから伊勢や、若狭と通商していた商人も存在したことは、伊勢八風越の四本商人や、若狭越の五個荘商人のように、通商権を独占していて、屢屢座商人と紛争を生じたことでも明かである。足子商人と呼ばれる小売行商人もあり、足子は貨物運搬者でもあったと考えられる。が、その勢力は、特権を持った座売商人には比すべくもなかったように思われる。

近江商人と呼ばれる行商人達が、全国的に活躍するようになったのは、永禄十一年（西暦一五六八年）佐々木氏が織田信長に亡されて以来のことである。保護者を失った彼等が新しい道を開拓しようとしたもので、佐々木氏の滅亡は近江商人発生の直接原因ではあるが、その以前に、既にある程度の商品が生産され、座商人によって販売され、行商人によって、他国との通商も行われていたということも、考えておかねばならないであろう。

因に、南北五個荘村というのは、山前の庄五ヶ村の意であって、観音寺城のあった観音寺山の南東山麓に、南北に連る各五ヶ村を指すのである。

徳川時代に入り、泰平の時代が続くと、わが国の産業は急速に発展し、従って商業も極めて活潑になった。この商人商業時代に入って、近江商人が最も顕著に活躍したことは、以上に述べたような理由によって、当然のことであろう。

（一）平安朝時代の蚕業分布表

	上糸国	中糸国	麁（そ）糸国
関東地方	安房		相模、武蔵、上総、下総、常陸、上野、下野
中部地方	美濃、三河	尾張、遠江（とおとうみ）、越前、加賀、能登、越後、若狭	伊豆、駿河、甲斐、信濃
近畿地方	伊勢、但馬（たじま）、和泉、摂津、河内、紀伊、山城、大和、近江	伊賀、丹波、丹後、播磨	
中国地方	美作（みまさか）、備前、備中、備後、安芸	因幡、伯耆（ほうき）、出雲、長門	
四国地方	讃岐、土佐	伊予	
九州地方		筑前、筑後、肥前、肥後、豊前、豊後、日向	

（二）徳川時代の蚕糸業分布表（文化年代）

	主要蚕糸業地	準蚕糸業地
奥羽地方	陸奥、羽前	陸前、岩代、羽後
関東地方	下野、上野、武蔵	常陸、相模、下総
中部地方	信濃、甲斐、美濃、飛騨、越前、加賀、若狭	越後、越中、遠江
近畿地方	近江、丹後、丹波、但馬	伊勢、河内、播磨、山城、摂津
中国地方		備中
四国地方		土佐
九州地方		豊前、豊後、肥後

右の表（一）により、平安時代の蚕業は東北地方を除き、他の殆ど全国に普及していたもので、就中（なかんずく）、上糸国は近畿、中国地方に集中し、関東、中部地方はむしろ下糸国に過ぎなかったことが判る。所が、表（二）により、徳川時代の蚕糸業は東北、関東及び中部山間地方に移り、二表を比較すると、平安時代の上糸国で、徳川時代の主要産地として残ったものは、僅かに美濃、但馬、近江の三国に過ぎないことが判る。（美濃、但馬は山間地が多く、近江は湖北地方が北陸道と同気候であり、冬季、多雪寒冷である）

この蚕業主要地の変化は、徳川時代に入り、国民の経済生活が向上するにつれ、綿（棉）、水油（菜種、棉実）、蠟燭（うるし、やまうるし、はぜうるし、こがの木の実）、藍（あい）、砂糖（砂糖黍（きび））等の需要が増大したが、これ等の栽培、生産は東海、近畿以西の気候温暖な地方に限られ、従って、これらの地方では、養蚕よりも、これらの農産物を作ることが、より有利だったからである。これに反し、気候の寒冷な地方や、山間地方では、これらの農産物栽培が困難であったため、自然に養蚕に集中されたのであろう。

次ぎの表（三）（四）により、その間の事情は明瞭である。

（三）徳川時代の主要棉作地分布表

関東地方	武蔵、下総、下野、常陸
中部地方	尾張、三河、遠江、美濃、甲斐
近畿地方	摂津、河内、和泉、大和、山城、播磨、淡路、近江、但馬、丹波、紀伊、伊勢、丹後
中国地方	備前、備中、備後、安芸、周防（すおう）、美作、出雲
四国地方	讃岐

（四）徳川時代の主要菜種産地分布表

	主要産地	準主要産地
奥羽地方		羽前
関東地方	武蔵、下総	常陸、下野
中部地方	加賀	尾張、美濃、信濃、越前、越中、越後
近畿地方	大和、摂津、近江、河内、伊勢	山城、和泉、播磨、紀伊、
中国地方	備前	備中
九州地方	肥前、肥後、筑後	筑前、豊後

表（二）（三）（四）により、徳川時代の主要産物である蚕糸、綿、種油の主要生産地を兼ねているのは近江一国である。また、当時、身分の低い大衆の衣服であった麻及びカラムシは、近江の野洲、蒲生、神崎、愛知の地方を主要産地としたのであるから、近江の国が豊富な産物を生じたことも、近江商人が輩出した一つの原因であろう。

藤村家の五代目与右衛門浄教が初めて行商に出たのは、元禄十三年（西暦一七〇〇年）のことである。藤村家に残された記録には、次ぎのように記されている。

「長吉事替名長次郎、十九歳の時、商心に思付、手前藤右衛門二人組合、布買問屋喜兵衛殿を

頼ミ元銀少もなし、布一駄仕入、明石へ行、小売、ひめぢへ藤右衛門行、所々参、売れ不申、兵子（庫）大阪へ帰り、問屋を頼候へ共払へ不申、堺にて売仕廻、帰申候其後算用仕上見所、六百目余損、手前分三百目、是を何とぞ親に知らせ不申候様にと存候時、おくり殿其外三所程にて内証借り調（ととのえ）、問屋善兵衛殿を相済せ申候」

「手前廿一歳時、少々はた仕入心付、麻一束づつかり玉苧（カラムシ）仕入廿二歳秋迄少々元手相出来、麻三束、三軒町伝左衛門にて指銀に買、それより段々仕入、利助を頼、出来布質ニ入やす晒ニ出し、金田五兵衛殿銀借用、布晒上、夏に成候時、在所にて次郎右衛門に頼、致借用、銀子調、質物の晒先様の御手紙申請出、此方にて売、又は伊庭（いば）村甚左衛門殿出来布、外買、少々づつ売行、先様へも念比ニ罷成候而其後者銀二貫目宛も致借用、盆後ニ元利返済申候」

「享保十一丙午年（西暦一七二六年）六月十二日立、布二駄、六月十八日晩関原に泊り、奥村半七外衆三人出合咄、半七の申候様には、不景気近国斗、東筋は売申候と被致咄候ニ付、一人の商人、商物多く候はば半七殿を頼、同道にて東海道へ参候様にと咄合相談ニ成候而、同道にて津島行、それより東海道罷越（まかりこし）、江尻、三島、小田原迄少づつ売、江戸迄何心得もなく参候時、宿の義ニ付、八幡人安兵衛と申仁出合、世話にててつぽう町宇田川孫右衛門荷物付参候四五日の内に少々商致候処、問屋不勝手、断申出、何共分別ニ落不申、荷物引〆、飛脚ニ渡し、なごや送り為登仕廻申候扨て売払布代金、十年賦と申候ニ付、段々断立、三年の内ニ為登申筈ニ極

登り申候孫右衛門損四両壱歩、半七日雇賃金二分替、外に金拾弐両壱歩、江戸にて貸損〆十七両、右江戸迄上下三十日程、半七生付悪敷者と不存ニ頼、迷惑至極ニ有之候」

以来、六代目浄順、七代目浄秋（早世）、八代目浄照と代代百姓の傍、行商に出ていた。

「私儀為渡出当所産物布他国へ商売仕来申候儀偏ニ御役所様以御慈悲百姓相続他国往来仕候段難有仕合ニ奉存然候所私儀追々及老年病身ニ罷成諸事不自由ニ御座候而（中略）忰惣十郎与三郎と申者是迄之通他国往来商売為仕百姓相続仕度奉願上候云々」

安永七年（西暦一七七八年）六代目浄順が代官所に差し出した願書である。徳川幕府は百姓が猥に土地を離れ、耕作を怠ることを、厳に戒めていたので、「百姓相続」の点を強調したのであるが、まだこの時代には、下男や日傭を雇って、農業に従事していたのである。

七

孝兵衛は顔を上げた。先祖達の亡霊の中から、漸く抜け出たように、故もなく吐息をついた。

孝兵衛は兄の与右衛門に依頼された、藤村家の家乗を編するため、古い記録や、反故を読み耽っていたのである。彼は彼の住んでいる世界同様、先祖達の住んでいた世界をあまり好まなかったが、まるで嫌な夢の中に吸い込まれているように、止めることが出来なかったのだ。

兄の与右衛門が家乗などというものに興味を持つはずはなく、或は孝兵衛を少しでも永く妻子の許に置かせようとする、思い遣りではないかと、孝兵衛も気づかないではなかった。が、本家の嫂(あによめ)の所へ朝の挨拶に行って帰って来ると、所在もないまま、長持の蓋を開けた。その長持は本家から届けさせたものである。尤も、第三者として、古い記録などを読むことは、孝兵衛には興味ないことではない。孝兵衛は一昨夕江州に帰った。

晴れた空に、観音寺山の緩い傾斜の峰と、明神山の急な傾斜とが、並んで見える。佐々木氏滅亡の際、逃げ迷う女達の姿が地獄のようであったので、地獄越と呼ばれている峰の、一本松も見えている。子供の時から、孝兵衛には見馴れた風景である。

庭隅の夾竹桃(きょうちくとう)の花が風に揺れている。法師蟬が一匹、張りの強い声で鳴いている。孝兵衛は机に凭(よ)って、漸く庭前の景色に見入っていた。萩の落花が点点と、青い苔の上に白い。静かである。

孝兵衛は、りゅうのことを思い出していた。

藍地の浴衣が強く張った、りゅうの腰のあたりに、湯文字の色が映っている。蒸し暑い夜のことだった。りゅうは無言のまま坐っている。

「暑いね。川端へでも出てみよう」

孝兵衛は盃をおいて、立ち上った……

長閑(のどか)な鶏の声が聞こえて来た。性来孝兵衛は武士嫌いであった。というより、権勢というものを好まなかった。が、権勢への反抗が内攻してしまったような、あくどい長湯文字風な江戸趣味にも、共感出来なかった。江戸という新興都市には、狂わしい権力と、泥臭い金銭慾とが不消化のまま溷濁(こんだく)しているような、不潔さがあった。従って、そんな街の中から生れ出たような町芸者などに、孝兵衛は好意が持てなかったのだ。

が、ここには、御趣旨もなく、長湯文字もなかった。売りも買いもなく、掛け引きもなかった。ただ秋風が萩の花を散らしているばかりである。が、こんな静けさの中にいると、刻一刻、時が経って行くのが判るようで、却って孝兵衛は奇妙な不安を感じた。

子供の時から、孝兵衛はひどく臆病な性格であった。

幾歳の時であったか、彼は花びらの散って来るのを、前掛を拡げて受けていた。花びらは、まるで心あるもののように、流れ、翻り、緩く、早く、散り去って行く。ふと気がつくと、彼は裏の小門の所に来ていた。小門は開いていた。彼は恐る恐る外を覗いてみた。道には人影はなく、森閑と静まっていた。急に、彼の体中が引き緊まった。そうして、まるでそうしなければならないかのように門の外へ歩いて行った。恐しかった。

彼は今まで一人で家の外へ出たことはなかった。母の手か、兄の手に、いつも彼の手は握り締められていた。従って、彼には精一杯の冒険だった。夢の中で恐しいものに追われている時のように、彼の足は重重しかった。

「怖いことないぞ」

何もない道の空白が、却って体中の皮膚を縮めさせた。漸く、角を曲ると、表門が見えた。

彼は一散に駆け出していた。

「怖いことないぞ」

長じてからも、旅にいる日日を、孝兵衛はそんな思いで過した。が、旅にいるという焦慮が、却って他の総ての不安を忘れさせた。そうしてそんな不安が、彼を突然血の狂ったような冒険に駆り立てた。一昨年、彼が松前に渡ったのも、幼い時、裏門を出て行った時の感情と、それ程の相違はなかった。

孝兵衛に反し、与右衛門は子供の時分から、山に登ると、更に向こうの山に登りたくなるような性質であった。が、長じて、山は存分に踏み歩くことが出来たから、彼は海に対して強い憧憬を抱くようになった。彼は例の地図の海を眺めているだけで、少し滑稽なほどの昂奮を覚えた。しかし与右衛門の海への憧憬はどうしても満足させることは出来なかった。

それは三十余年昔に遡る。一人の修験者風の男が藤村家の玄関に立って、与右衛門の曾祖母に言った。

「通りがかり、表で遊んでいる二人のお子の相を見ますに、不思議なほどよい御合性でございます。お二人とも勝れた相を持っておられるが、別別では却って禍を招く、二人力を合わせて進まれるならば、陰陽相和し、御当家の繁盛、火を見るより明らかでございます。唯、兄のお子には山中剣難の相、弟のお子には海上水難の相がございます。よくよくお気をつけられますよう」

曾祖母は厚く礼して饗(もてな)し、軈(やが)て修験者は立ち去って行った。

ところが、老年で、幾分耄碌(もうろく)気味であった与右衛門の曾祖母は、どちらが、どちらであったか忘れてしまった。(従って、前述の修験者の言葉も不明である)確か、兄に水難の相があり、弟に剣難の相がある、と言ったように思うと、その反対だったようにも思われる。兄に剣難の相があり、弟に水難の相がある、と言ったように思おうとすると、またそうでなかったように思われて来る。与右衛門の曾祖母は、暫くの間、絶望感にも近い焦躁に陥った。が、やはり年齢のためか、総てが「辛気臭く」なってしまった。丁度、行商の旅から帰って来た与右衛門の父に、彼女はけろりとして、その反対(それも不明である)を告げた。

従って、与右衛門は孝兵衛に剣難の相のあることを、孝兵衛は与右衛門に水難の相のあることを、亡父からそれぞれ聞かされていたのであった。

孝兵衛はまだ江戸に下る日は決めていない。江戸を発つ時、与右衛門は孝兵衛の耳に言った。

「そら、おりゅうのことも気にかかろうが、今度ばかりは、飛んで帰って来てはあかんぜ。そうそう、御先祖達の記録だがね。纏(まと)めるだけでも纏めておいて貰いたいね」

が、静止していると、動いているものの速さがよりはっきり判るように、こんな静かな中に坐っていると、孝兵衛は時間がかなり早い速度で経って行くのが感じられた。そうして、こんな平安さの中にいることが、ひどく不思議に思われ、旅にいる怱怱の心に馴れてしまった自分が顧られた。

一瞬、松前箱館港の坂道を、何者かに従けられているのを感じ、大股に駆け下って行った自分の姿が、孝兵衛の脳裡に浮かんだ。同時に、昨夜、一昨夜、彼の愛撫に対して、思いも寄らぬ、激しい応え方を示した、妻、とよのことを思い出した。まるで女の生きている証を、彼女自身確認しようとするかのような妻の姿を。

元禄と言えば、百数十年の昔になる。その百数十年の過去の中で、これらの先祖達も利を追って、西に、東に、旅に出て行った。

「この峠がごわせんけりゃ、助かりますのにな」と言った同行者に、

「なあに、わたしゃまた、こんな峠がもう二つ、三つごわしたらと思とりますが、そしたらわたし一人で、存分商いさしていただけますからな」と答えたという何代目かの先祖もいた。

「天明三卯年（西暦一七八三年）七月六日、浅間岳大焼にて大爆音とともに火石吹出し候折悪しく手前軽井沢宿滞在にて、天日忽暗黒と相成砂石降こと坂本松井田一尺五寸安中高崎壱尺段段東へ八寸、八日四ツ時迄音聞え恐しき事ニ候巾十里長さ二三里草木田畑青葉無御座死者幾十万共不知申と承り候」と書き残している何代目かの先祖もいた。

彼等は親も、子も、孫も、旅に出た。彼等はまるで故郷を失った人のように、山を越え、川

を渡り、野を歩いて行った。そうしてまるで故郷を持っている人のように、また山を越え、川を渡り、野を歩いて、帰って来た。家には彼等の妻がいた。

五代目浄教の妻はいち、一男五女がある。六代目浄順の妻はしん、二男四女がある。七代目浄秋の妻はもみ、一男二女がある。（浄秋が早世したので、弟浄照が継いだ）八代目浄照の妻はすよ、四男四女がある……

が、孝兵衛は郷里の、わが家の、わが部屋の中に坐っていても、何故このように白白しい時間が経って行くのか。先祖達の百数十年の旅の生活が、彼等から故郷を奪ってしまったか。或は、彼等の遠い祖先は故郷を失った人達であったか。不意に、孝兵衛は激しい郷愁を覚えた。

「お茶に致しましょか」

とよが茶道具を持って入って来た。とよは伏目勝ちの、つつましい顔立である。が、仄(ほの)かに青を引いた眉の剃(そ)り痕(あと)が、却ってひどく艶かしい。

孝兵衛の横に坐ったとよの方へ体を向けると、いきなり孝兵衛はとよの体を押し倒そうとした。

「あれ、いきまへん。どない、どない、おしやしたん」

とよは開いた裾を押え、立ち上ろうとした。が、孝兵衛は狂ったように、とよを押し倒した。

「いきまへん、ほんなこと、誰か、子供が来たら、いきまへん」

が、孝兵衛はとよの肩を抱いて、その上に乗り、とよの胸を掻き開くと、その豊麗な乳房の上に、自分の胸を押し当てた。まるで妻の体の熱さだけが、自分の生きている確証であるかのように。

とよはもう抗おうとはしなかった。とよは目を閉じたまま、夫の異常な激情に応えるように、孝兵衛の体を強く抱いたまま、動かなかった。が、軈て、とよの白い脚が孝兵衛の脚に絡みついて行った。

八

天保十四年（西暦一八四三年）閏九月、老中水野忠邦はその職を免ぜられた。

忠邦の失脚の原因は、彼の改革政策があまりにも急激に過ぎ、世人の怨恨を買ったからであると言われているが、その直接の原因は、大名や旗本の領地の転換を強行しようとして、その反対を受けたことに因る。

領地転換の令が廃止されたのが閏九月七日、その十三日、彼は「勝手方取扱の儀につき不行届の儀これあり」という理由で罷免になっているのであるから、忠邦の領地転換策が蹉跌した機会に、上下の不満が爆発したものと解することが出来よう。

徳川封建経済は土地経済、即ち農本経済であった。当時は農業が主な産業であったことにも因るが、徳川封建経済は各藩の割拠経済であったから、各藩が食料を自給しなければならなかったこと、軍事経済であったから、殊に兵食の確保が必要であったこと、鎖国経済であったから、外国からの供給を期待することが出来なかったこと、等をその理由に挙げなければならない。

従って、「年貢米」として農民から納められる米穀は、武士階級の主要な財源であったから、米穀は特に貴重視され、金銀は比較的軽視された。所謂「貴穀賤金」の思想もそこから生じた。

が、江戸開府によって、新しく江戸という城下町が建設され、殊に寛永十二年（西暦一六三五年）参観交代の制を定め、諸大名を交代に在府させたので、この新興都市は大消費都市として、急速に発展して行った。

消費が生産を促し、需要が供給を刺戟するのは当然のことである。殊に幕府はその直轄地を経済的に開放していたので、大阪や江戸のような大都市では、武士階級の需要に対する供給者である商人階級の勃興を促し、それらの大都市の経済は著しく商品経済化し、次第に資本主義経済が発展して行ったのである。

幕末江戸の人口は百四十万と言われている。これを、当時最大の人口を有していた金沢藩の百二万六千余人、全国平均一藩の人口七万四千余人、人口一万人に満たないもの四十余藩、という数字と比較する時、大都市の経済がわが国の経済に対して、どんな比重を持っていたかということが判るであろう。

しかし、徳川封建社会が封建経済の上に構成されている以上、どこまでも封建経済は守られなければならなかった。従って、封建経済の胎内に発生した資本主義は、経済自然の法則に従って、その母胎である封建経済を徐徐に浸蝕しながらも、その中から出ることは許されなかったのである。

この矛盾した経済が互に共存していたことが、幕府経済を困難にした根本の原因であって、いろいろ奇妙な現象も生じた。例えば、米はその大部分を年貢米として上納しなければならなかったから、大名と百姓との関係は、消費者と生産者ではなく、領主と領民という封建関係であったし、米は決して商品とはなり得なかった。が、一旦上納された米は、大名や旗本の手によって、市場に売却されたのであるから、大名と商人の関係は、売り手と買い手という資本経済の関係であったし、米は常にその価格を変動する、重要な商品となっていたのである。

しかし、徳川封建経済は社会的、政治的統制によって、暫くその矛盾を暴露することはなかった。殊にその前期から中期にかけては、長年の戦乱によって荒廃していた土地も次第に回復し、生産も興り、所謂「天下太平」の時代を現出した。つまり資本主義経済の発達が、まだ封建社会の秩序を脅すまでに到らなかった時代には、封建統制が直接前者の発展を妨げることはなかったが、一度両者の牴触が生じると、社会的、政治的統制は強力に発揮され、その当然の結果として、生産は停滞しはじめる。

例えば、前に述べた米のように、米価の昂騰（こうとう）は決して農民の生産意慾を刺戟しなかったし、武士階級はその利潤を以て、田野の開発や、河水の改修に当てる者は殆どなかった。また、灯油のように、需給の自由な商品であっても、その販売価格の昂騰は政治力によって禁止されていたから、その需要は増加するばかりであったが、幕府のいかなる奨励策にもかかわらず、その生産は増加することはなかった。

殊に、徳川封建経済は鎖国経済であったから、国内の需給が飽和状態に達すると、資本主義経済それ自身の作用で、生産が忽ち停滞するのは当然のことである。つまり、徳川時代のわが国の資本主義経済がある限度以上に発展出来なかった理由は、封建政治の中に発達した資本主義は、必然的にその制約の中にあったということである。

以上のような理由によって、徳川中期以後の生産力は停滞、或は退化の状態を示していたが、これに対し消費の状態はどうであったか。

徳川封建経済は軍事経済でもあったから、「年貢米」の名において、農民から奪取して得られた富は、再生産に投資されることなく、多く軍事のために消費された。もっとも幕府の勢力を脅されないため、武器の製造や築城などに制限を加えていたが、非生産階級である武士そのものの存在が、既に大きな消費であったし、その人口増加も考えないわけには行かない。（徳川中期以後、旗本の二三男の問題が云云されたことでも明らかであろう）

また、幕府が各藩に対する疲弊政策として採用した参覲交代や、転封によっても、莫大な浪費が行われたが、根本的に言えば、幕府の太平謳歌の思想政策が、武士を奢侈柔弱にした精神的理由と、政治統制が物価の昂騰を常に抑止した経済的理由とによって、武士階級の消費は増大したのである。

武士階級の莫大な消費は、その供給者である商人階級の擡頭を促し、商人階級は蓄積した富によって、更にその勢力を伸長した。が、前に述べたように、徳川中期以後の資本主義経済は停滞の状態にあった。従って、その富を再生産のために投資する意慾を失った商人達が、新しい消費階級として登場したのは、極めて自然のことであった。

このように、生産は停滞し、消費が増大した場合、そのアンバランスは過去に蓄積された富によって補うか、生産の増加を計るか、消費を節減するより他はない。が、生産を増加させるためには徳川封建政治自体を脅かす危険がある以上、「天下太平」の下に晏如としていられない、「成すある」幕府の為政者達が多く後者を選んだのも、また止むを得ないことであったろう。

消費の節減を令する「節約令」は、三代家光の寛永年間に初めて発布されて以来、八代吉宗の享保の改革においても、松平定信の寛政の改革においても、屢屢繰り返されたのであって、「節約令」こそ、儒学思想に養われた、当時の「真面目」な為政者達の一貫した、そうして唯一のイデオロギーの現れであったのである。しかしこのような単純な儒学思想で、歴史の進行を阻み得るものではなかった。

当時の幕府の財政はどうであったか。左に示すのは、天保三年から十三年に至る幕府の歳計表である。

年次	歳入（万両）	歳出（万両）	不足（万両）
天保三	一二一、八〇一一	一五九、三九〇九	三七、五八九八
四	一二二、三二四一	一六四、六八三二	四二、三五九一
五	一一七、三九〇七	一七九、〇〇五一	六一、六一四四
六	一〇三、一七八六	一七六、〇二八八	七二、八五〇二
七	一六五、一五二七	一九六、三七五〇	三一、二二二三
八	一九〇、一八一七	二四六、七九〇二	五六、六〇八五
九	二二〇、二四三六	二五一、二六六六	三一、〇二三〇
十	一七〇、六四五二	二一八、〇九二二	四七、四四七〇
十一	一四二、二四八七	二〇〇、一九五八	五七、九四七一
十二	一〇九、〇五九〇	一九六、二六八四	八七、二〇九四
十三	一二五、九七〇二	一九六、三九一一	七〇、四二九一

この表を一見しただけで、幕府の財政がいかに逼迫していたかを知ることが出来よう。幕府はこの多額の不足を、悪貨鋳造によって得た、所謂「出目(たしめ)」によって辛うじて補っていたのである。

年次	歳計不足 万 両	出目 万 両	差引 万 両
天保三	三七、五八九八	三九、四二〇〇	余 一、八三〇二
四	四二、三五九一	五四、〇〇〇〇	余一一、六四〇九
五	六一、六一四四	四七、〇五九六	不足一四、五五四八
六	七二、八五〇二	六〇、〇〇〇〇	不足一二、八五〇二
七	三一、二二二三	四九、九八四四	余一八、七六二一
八	五六、六〇八五	六二、九二六三	余 六、三一七八
九	三一、〇二三〇	一〇七、五九五〇	余七六、五七二〇
十	四七、四四七〇	六九、四七四五	余二二、〇二七五
十一	五七、九四七一	九九、七〇〇〇	余四一、七五二九
十二	八七、二〇九四	一一五、五〇〇〇	余二八、二九〇六
十三	七〇、四二九一	五〇、一四四五	不足二〇、二八四六
計	五九六、二九九九	七五五、八〇四三	余一五九、五〇四四

右のようにこの年間の出目の累計七百五十五万八千四十三両は、つまり通貨の極印と実価の差額であって、更に改鋳関係者の利益や賄賂等を考慮に入れるならば、それ以上の物価の騰貴を来たしても当然のことと言わなければならない。

天保の改革が、徳川封建経済の迷路の中に陥った幕府閣僚の、絶望的な――勿論、自らは意識しなかったろうけれど、それ故に一層の狂暴性を帯びた――最後の足掻きであったと言っても、過言でないことが、これによっても明かであろう。

その極端な例としては、髪結いの禁を犯し、髪を結わせた女が、剃髪に処せられたり、衣服の禁を犯した若妻が、着衣は焼却、本人は押込、その親と夫までが、罰せられたりした。

一人の女は髪を鷲摑みにされ、顔を引き上げられ、その頭に今にも剃刀が当てられようとしている。が、女はもう何の抵抗も試みようともしない。まっ青な顔に僅かに瞼が動いたので、生きている女の顔であることが判る。綿を含ませられているらしく、唇の開いたその顔は、むしろ弛緩した、猥らな表情さえ呈していたことであろう。

また、一人の女は着物を剝がれ、白洲の上にうつ伏していた。白い膩が透いているような若妻の肩先には、一本の後毛が慄えている。その目の前で、女の着衣が焼かれていた。豊麗な若妻の肌を離れた、黒七子の小袖や、紋縮緬の長襦袢が、ほの白い炎を立てて燃えているのは、いかにも凄怨な感じでもあったろう。

「思い知ったか」

法は天下の法である。従って、法の施行を厳格にすることは、即ち天下の尊厳を維持することである。法は絶対に守られなければならない。

法は民を制する綱のようなものである。綱が緊張しておれば、民は恐れてこれを犯す者はなく、犯す者がなければ、法はいかに厳しくとも無いに等しい。これに反し、綱が弛緩しておれば、民は忽ち侮り犯し、却って民を傷ける。法を厳しくすることは、民のためでもあった。

今までの改革が多く失敗に終ったのは、法が厳し過ぎたのではなく、厳しさに徹することが出来なかったからである。憂うることは、町人どもの呪詛の声ではなかった。このような婦女子までが、法の恐しさを軽んずることであった。

水野忠邦は四十九歳、その鬢髪には既に白髪を交えている。太い眉、強く張った顎骨、額には深い皺も刻まれている。忠邦は端然と脇息に倚ったまま、身動きもしない。

先刻から、時時、異様な音が聞こえた。もう申の刻頃でもあろうか。障子には夕ざれた秋の薄陽が南天樹の影を映している。今年は、南天樹が見事な房をつけた。が、珊瑚珠の色に色づくのは、まだ少し早い。多くの儒学に養われた権力者がそうであるように、忠邦も偏狭で、烈しい性格の人ではあったが、決して私心ある人ではなかった。彼は、最後に、領地転換という難事業に着手した。

忠邦は、全国に散在し、小区域に分れている幕府の直轄地を、統合しようと計ったのである。

先ず江戸十里四方と、大阪五里四方の地を幕府の直領とし、その範囲内にある大名、旗本の領地は替地を与えて、転換を命じ、同時に大名の飛地もなるべく統一しようとしたのである。

忠邦は幕府の直領を整理することによって、幕府の財政を根本的に確立しようとしたのであるから、大名、旗本に与えられる替地が不利なのは当然のことであった。しかも天下のためには、卑しい町人どもにも仮借ない犠牲を強いたのである。まして幕恩を蒙ることの厚い武士であるから、多少の不満はあっても、必ず天下の大義に従うであろうことを、忠邦は確信していた。謹厳な精神主義者、忠邦は領地転換を令するに当って、先ず代代の御恩の有難いことを述べ、各自の利害を考えることなく、この令を奉じるように強調したのであった。

しかし、武士といっても、やはり人間である。大義名分などというもので、腹の脹れるものではない。というより、そんなものに耳を藉すには、或は当時の武士階級はあまりにも空腹に過ぎたのかも知れない。忠邦の折角の期待にも叛いて、反対の声は忽ち武士の間に湧き起こった。

誠に醜態の極みであるとも言われよう。が、そのようなことは、他人の場合にこそ言っていられることであって、一旦利害が自分の上にかかって来るとなれば、また別である。大義がどうあろうが、名分がどうあろうが、頭上に降りかかって来る火の粉は、先ず消さねばならない。最早、改革などということは、どうでもよかった。

当初、改革の熱心な主張者の中からも、異議を唱える者が続出し、やがて紀州藩のような親藩の動きも生じ、またそんな情勢を察した閣僚の中には竊に政治的策謀を企てる者もあって、遂に忠邦も失脚するに至ったのである。

しかし忠邦は悔いるところはなかった。むしろ信じるところを心残りなく行った、という、満足にも似た感懐であった。彼は格別激しい性格ではあったが、事終れば、却って心は平かであった。

障子に当っていた薄陽はいつか消えた。虫の声も一段と張りを増した。

どうやら、何者かが屋敷の中へ石を投げ入れるらしかった。礫(つぶて)の落ちる音が、また表の方に聞こえた。が、忠邦の顔には、怒りの表情は少しも動かなかった。同じ武士の階級に属する忠邦には、彼等町人達を怒る資格は今はない。と言うよりは、自分一人正しかったという満足感が、彼をひどく寛容にしていたようでもあった。彼等のこんな児戯に類する嘲笑が、忠邦にはむしろいじらしくさえあった。

襖に、大きく彼の影を映して、女中が燭台を持って来た。また投石の音が聞こえて来た。忠邦の顔に微かに苦笑が浮かんだ。

「街の者どもか」

「はい、そのようでございます」

女中ながら、まともにはこの主人の顔が見られなかったのであろう。女中は両手を突いて、顔を伏せた。

「構うな、と、藤十郎に申しおけ」

その忠邦の声は、女中が耳を疑うほど、物柔い響きを持っていた。

が、日が暮れるにつれ、投石の音は次第にその間隔を縮めて行った。乱れた人声も聞こえて来る。

群衆は、時時、町方の者にでも追われるらしく、逃げながら投げ入れる礫の音が、邸の中を走り過ぎると、暫く、深い静寂に返る。が、直ぐ、思いも寄らぬ所で、屋根瓦の鳴る音が聞こえた。

九

藤村与右衛門店の店先には、数人の客が上り込んでいて、その客を相手に、番頭達は算盤を弾いていた。

「さよう」

番頭は算盤を客の方に裏向けにして立て、勢よく玉を鳴らすと、さっと客に示す。

「うむ、なある……」

この店のいかにも活気のあるさまは、茶を運ぶ丁稚達のきびきびした動作でも判るようだ。

鴨居には次ぎのような値段表が貼ってあった。達筆である。

木綿相庭引下ケ候書上　一反直段

大阪生白（きじろ）木綿	上	銀十五匁二分一厘
同	中	〃十一匁三分六厘
同	下	〃八匁七分七厘
尾州生白木綿	上	銀十二匁八分七厘
同	中	〃九匁九分三厘
同	下	〃八匁一分
三州生白木綿	上	銀十匁七分二厘二毛
同	中	〃八匁二分六厘
同	下	〃六匁三分九厘
晒　木　綿	上	銀九匁八分四厘
同	中	〃八匁一分五厘
同	下	〃七匁二分八厘二毛
桟留縞木綿	上	銀十七匁三分三厘
同	中	〃十五匁三分四厘五毛
同	下	〃十三匁七分八厘
下り縞木綿	上	銀二十一匁七分二厘

同　　　　中　〃十四匁七分七厘
同　　　　下　〃八匁三分二厘
地廻り縞木綿　上　銀二十匁九分五厘
同　　　　中　〃十八匁五分六厘
同　　　　下　〃十七匁七厘五毛
紛結城木綿　上　銀三十三匁三分八厘
同　　　　中　〃二十六匁七分一厘
同　　　　下　〃二十三匁一分二厘

以上

（註。当時米価一升約銀八分）


孝兵衛が奥帳場の腰折障子の中から立ち上り、店先に出て来て、客の前に坐った。

「いらっしゃいませ。お景気はいかがでございますか」

五十がらみの、鬢髪の幾分薄くなっている、一人の客が笑顔を孝兵衛の方に向けた。

「まあね、これで少しはよくなってくれませんとね。今までのようじゃ、全く顎が干上ってしまいまさね」

「ほんとにひどい難儀でございましたからね」

「土井さまのお屋敷が大へん賑ってるとか聞きましたがね」

「大炊(おおい)さまなら大したもんですぜ」

隣りの客が剽軽(ひょうきん)な顔を出して、言った。

「わっしゃ、早速見物に行って来やしたがね、まるでお祭のような騒ぎでさ、道の両側にゃ、なんだ、その、干見世(ほしみせ)が出てやしたよ」

「へえ、干見世が？　そして、一体、何を売ってるんですかい」

「それが、尾張屋さん、貧乏徳利の投げ売りをやってやした」

「いや、おおきに」

孝兵衛が微笑を浮かべて言った。

「しかし、桝屋(ますや)さん、その徳利は買いでございましょうな」

「さて、物好きな、貧乏徳利を買うと仰せらるるか」

「でも、越前守さまの御退却で、事によると、品不足になるかも知れませんからね」

「いや、どうも、どうも」

二人の客は声を合わして笑い出した。

「ところが、こちらさんじゃ、値下げとござったが……」

尾張屋と呼ばれる客が、改めて鴨居に貼り下げられている書上げに目を遣りながら、言った。

「やっぱり先行きは、面白うござんせんかな」

「いえいえ、そんなわけじゃございませんが……」

「いや、尾張屋さん、商法というものは、全くこうもありたいものでござんすな」

「なんて、目から鼻へ抜けたようなことをおっしゃるが、桝屋さん、と、おっしゃいますと？」

「尾張屋さん、こちらでも、絹物は下げるとはおっしゃらん。こいつはあんまり大きな声では申されんかも知れないが、それさ、『かるき身へ重き御趣意の木綿物うらうらまでもきぬもののはなし』その重し石がひっくり返ったんじゃありませんか。その着ぬものを着るようになりゃ、どういうことになりますか」

「いえ、いえ」

孝兵衛は急いで桝屋の言葉を遮った。

「決して、そんなわけじゃございません。ただ、綿の方は少少手持ちも致しているものですから」

「いや、孝兵衛さん、全く御心配はいりませんよ。今度ばかりは大丈夫、どうしたわけか、お武家方まで大うかれでござんしてね、大炊さまのお屋敷へは、まっ昼間から赤いお顔の行列なんですからね」

「いえ、実を申しますと、越前さまの御退陣の噂は、上方では、大分以前から伝わっておりましてね」

「へえ、そうですかね」

「全く、あちらは、万事が早うございますからね。生糸なんかも、随分高いことを申しておるようですが、綿の方もなかなかどうして、しっかりしてるんでございますよ」

「へえ、だから言わないことじゃない、桝屋さんは全く目から鼻へ抜けていらっしゃるわ」

「おっしゃいましたね。尾張屋さん、先行きはやっぱり面白うござんせんでしょうな」

「いや、どうも。しかし、孝兵衛さん、すると、こりゃどういうわけなんでござんすかい。わしには一向解せませんがな」

「いえ、決してわけなんかございません。また強いて申しますなら、手前ども主人の物好きとでも申すより他はございませんでしょうね」

「物好き？　と申しますと」

孝兵衛はいかにも言いためらう風に、目を伏せた。その目許には、何か面映ゆそうな微笑が漂っているようだった。が、孝兵衛は漸く口を開いた。

「主人は、その、絹物は、きつい御法度故、値段をお下げしても、無用であろうが、せめて綿物だけでも、その、景気直しの、御祝儀に、一寸ばかり値を下げさしていただくのだ、と申しているのでございますが」

「なあるほど、こいつはどうも。恐れ入りましたわい」

「尾張屋さん、商法というものは、全くこうもありたいものでござんすな」

二人は再び声を上げて笑い合った。兄、与右衛門のいかにも子供っぽい心意気には、孝兵衛も十分の好感を持っていた。与右衛門は萎縮し切った商人達に買気を起こさせる誘い水だとも言っていた。が、このようなことを口にしたり、大形な賞め言葉を聞いたりすることは、孝兵衛のひどく苦手とすることだった。孝兵衛はまるで恥しいことのように、すっかり恐縮し切っていた。

「それでは、尾張屋さん、遠慮なく、御祝儀を頂くことに致しますか」

「いかにも、そういうことに致しますかな」

桝屋は勢よく算盤を弾き、孝兵衛の方へ廻して見せた。

「いかがでしょう。孝兵衛さん、この御祝儀、ここまで御奮発願えませんかな」

途端に、孝兵衛の顔から、あの弱弱しい表情は消えた。孝兵衛は、白い、綺麗な歯並を見せて微笑した。

「ところが、桝屋さん、困ったことには、主人はお客さま方に御祝儀をお出し致しましたのではないのでございますがね」

「はて、それじゃ、一体、誰にお出しになったんですかね」

「それが、あなた、飛んでもない、この御祝儀は、大炊頭さまにお出しするんだなんて、失礼なことを申しておるのでございますんで」

「いや、どうも、こいつはおっしゃいましたね」

「全くだ、流石におっしゃることが違うわい。孝兵衛さん、久し振りに、きゅっと溜飲が下りましたよ」

「いえ、これだけが、兄貴の悪い癖でございましてね。お恥しいことでございます」

「どうして、恥しいどころか、わっしゃすいっと気に入りましたよ。全くおっしゃることがでっかいわ」

「全く、でっかい、でっかい、でっかい提灯（ちょうちん）」

「ほい来た。ちっちゃい提灯」

二人は大声を上げて笑い出した。が、二人の笑声があまり大きかったので、却って孝兵衛には、無力な人間が思わず発した馬鹿笑いのような空しさが感じられるのだった。

	（生糸）	（繰綿（くりわた））
天保　九年	一六五匁	一、八〇〇匁
天保十一年	一三〇匁	二、〇五〇匁
天保十三年	二八〇匁	二、一〇〇匁
天保十四年	二一五匁	一、九二〇匁
弘化　元年	一八五匁	一、七二五匁
弘化　三年	一四五匁	一、三五〇匁

右は天保十三年（西暦一八四二年）の前後の生糸及び繰綿の平均相場（一両に付き匁相場）

であって、問屋禁止令が発せられ、倹約令が最も強化されたと思われる十三年には、生糸も棉花も暴落しているけれど、その翌年から徐徐に回復し、四年目の弘化三年には、天保九年度を上廻る高値を示しているのである。従って、資本力を持った江戸や大阪の問屋達は、問屋禁止令によって、少しの痛痒も感じなかったばかりでなく、十三年の暴落相場を買い続けた藤村店のように、その多くは却って巨利を得ていることが明らかであろう。

このことは当時の問屋が、封建的政治統制力に守られた、ギルド的な制度では既になく、資本主義経済の中から必然的に生れた存在であることを物語るものであって、問屋禁止令によって、輸入白糸時代から、政治権力に保護されていた京都和糸問屋がその独占力を失って衰微し、引いては西陣機業の著しい衰退を来した（天保改革前、二千百十八軒、三千百六十四機あった西陣機業が八年後の嘉永三年には、八百九十八軒、千六百六十四機に激減している）こととを考え合わせれば、前者の性格は明らかであろう。

勿論、このようなことを、当時の与右衛門達が知る由もなかったが、問屋禁止令に対して、激しい闘志を沸かせた与右衛門達が、却って自信に似た感情を抱くようになったのは事実であろう。が、与右衛門はこの結果を喜ぶというよりは、このように動き変って行く一日一日がひどく面白かったのだ。木綿物の値下げなどということもつまりはそんな与右衛門の茶目気の仕業に過ぎなかったのであろう。が、そんな兄の稚気の好さは十分に知りながら、孝兵衛はとかく感情を露すことが恥しいのであった。

丁度、その時、与右衛門は台所で、魚屋の清吉が担いで来た盤台の中を覗き込んでいた。

「それ来た。久助さん、皿だ、皿だ」

紺股引の膝を揃えて畏っていた賄方の久助が、頓狂な顔を上げて、強い江州訛りで言った。

「清さん、お皿どすかいな」

「皿だ、でけい皿だ」

清吉は俎の魚を素早い手つきで料っていた。その鮮かな庖丁の動きを与右衛門は興味深げに眺めていたが、心持ち体を乗り出すようにして言った。

「ほう、珍しい、鱧だね。鱧は孝兵衛の好物でね。今晩は鱧ちりにでもするか」

「悪うござんせんぜ。鱧って奴は、上方のもんでね、京に入ると生き返るなんて言いやすが、こいつばかりは全く庖丁次第だからね」

「へえ、京へ行くと、生き返りよるのどすかいな」

「ぴちぴち泳ぎ出すちゅうぜ、久助さん」

「すると、盥にでも入れるのどすかいな」

「苦労はねえや、盥と来やがら」

「だって、こんな長い奴、盥にでも入れるより、しようがなかろう。なあ久助」

「ほうどすがな」

「ほう、その鯛、よさそうじゃないか」

「これなんですよ。ちょいと、旦那、この目を見てやっておくんなせい。全く、盥ものですぜ」

「それじゃ、盥がいくつあっても足りないよ」

「全くだ。ところが、こいつは品も飛び切りなら、値も飛び抜けだ」

「ほう、珍しく景気のよい話じゃないか」

「だから、旦那のお祝いに、思い切って仕入れて来たんですぜ。どうです、こいつ一枚、八十五匁、と来やがらあ」

「恐しや、御趣旨を恐れぬ不届者、止めた、止めた」

「ところが、その不届者は、お屋敷筋だと言いますぜ。だから、直ぐ河岸の相場がぴんと来た」

「うむ、河岸の相場がね」

「全く河岸はえれい景気ですぜ。何しろ荷は滅法少いと来てやがらあ、鯛に限らず、上物は全く天井知らずでさあね」

「へえ、そんなかね」

「あっしゃ、あんまり癪に触ってね、こっちもこうなりゃ意地ずくだってんで、やっと一枚仕入れて来たんでさ」

「清さん、すまないが、一走り走って行ってくれないかね」

「ようがす。駆け出すのは何も火事見舞に限ったことじゃねえ。どこへだってすっ飛んで行きますぜ」

「神田口まで行って来てほしいんだ」

「神田口？　成程、そう来なくっちゃ嘘だ」

「大炊頭さまでも魚は料れまい。お出入りのお前さんの仲間に、確めて来てほしいんだがね」

「合点だ」

清吉は盤台も放り出したまま、鉢巻を締め直して、駆け出して行ってしまった。呆気に取られた久助は与右衛門の顔を伺いながら、呟いた。

「猫でも来たら、どうしよと思て」

十

その夜、二人の兄弟は鱧の鍋をつつきながら、酒を飲んでいた。与右衛門は太い指で徳利を握って、孝兵衛の盃に酒を注いだ。

「そんなら、わしは明後日、出発することにしようかな」

「そうですか」

「大阪は大分鼻息が荒らそうだから、少し長引くとすると、帰りは十月の末にもなろうかな」

「どうかごゆっくりなすって下さい。全く、兄さんのは早いんだからな」

「いや、いつも今度はゆっくりしようと思って帰るんだがね。帰ってみると、さて、何もすることがない」

「向島の方も気にかかる」

「おいおい、冗談じゃないよ。全く、お前さんとこのお琴とでも遊んでいるより他に、しようがないんだからね」

与右衛門には子供はなく、孝兵衛に孝一郎と琴の二子があった。

久助が新しい銚子を持って来た。

「お加減はどうどすやろな」

「結構、結構、この味噌漬けなんか上加減。久助はなかなかうまいもんだよ」

「ほやかて、旦那さん、わしはほれでおまんまいただいてますのやもん。うもうてあたり前、どすやろかい」

「言うわ、こいつ奴。しかし、まあそんな寝言のようなこと言ってないで、あいた物でも下げてもらおうかい」

「へいへい、鋸(のこ)びき、鋸びき」

「鋸びき」というのは、鋸が物を挽くように、東海道の往復、上り船には東国の産物を積み、下り船には西国の産物を積み、行き帰りに商売をすることで、与右衛門が好んで用いる言葉だった。一見、至って鷹揚(おうよう)な与右衛門の、どこにそんな細心があるかと、不思議に思われるのであるが、彼は労力と、その効果について、奇妙なほどの関心を持っていた。例えば、与右衛門がひどく感心しているものの一つに、梃子（てこ）がある。彼はよく孝兵衛に言ったものである。

「これを考えついた人はえらい人やぜ。なあ、孝兵衛」

久助が持って来た熱い酒を、与右衛門の盃に注ぎながら、孝兵衛が言った。

「しかし、明後日にも御出発だとすると、例の品物、上さなけりゃなりませんね」

「そういうことだね」

「魚河岸の相場が狂うようじゃ、今度は大丈夫でございましょうよ」

「大阪では、孝兵衛、今度はちょいと面白かろうぜ」

「面白うございましょうな。さぞ、浮き立っていることでございましょうからね」

「そうなんだよ。別に、冷や水かけることもないが、買って、売りだね」

「では、上州から一廻り、誰か参らねばなりませんね」

「うむ、行かねばならんな」

去年、禁絹令の強化によって、絹類が暴落したので、与右衛門は上州から、信州に入り、名古屋を経て、帰郷した。その時、及びそれ以来買い補って来た生糸や絹布類は、大部分その産地に預けてあったのである。

「私が参りましょうか。値頃によっては、少少補っておかなくっちゃなりませんでしょうからね」

「あんたには及ぶまいぜ」

「では、勇造でも遣りましょうか」

「そういうことに願おうか」

「早速、明日立たせましょう」

孝兵衛が手を叩こうとした。その時、一人の丁稚が入って来た。

「友七親分がお見えになりましたが」

「友七親分が？」

孝兵衛は眉を顰めて、兄の顔を見た。が、与右衛門はゆったりと頬を緩めて言った。

「ほう、丁度よい、ここへお通しするか」

孝兵衛は立ち上り、部屋を出て行ったが、直ぐ友七を伴って来た。

「これはお珍しい。さあ、親分」

与右衛門は盃を進め、孝兵衛が酌をした。友七はそれを一気に飲み干して言った。

「実は、おりゅうがやられましてね」

「おりゅう？」

孝兵衛は当惑そうに、盃を手に持ったまま、言葉を切った。その孝兵衛の脇腹を、与右衛門が子供のようにつっ突いた。

「まさか、旦那が知らねえったあ、言わせねえぜ。ほら、しゃ(町芸者)のおりゅうですぜ」

「ああ、あのおりゅうでしたか。この頃は、一向見ないので、どうしているかと思っていたんですが」

「ずっと、下谷の兄の家にいたんですがね。早速、浮かれ出しやがって、この始末だ」

「さあさあ、親分、何の、重ねて、重ねて」

与右衛門は友七に頻りに酒を進めながら、むしろひどく上機嫌なようであった。

「しかし、親分、そいつは少し殺生じゃないかね。何しろ、お屋敷の方で馬鹿騒ぎをなさるものだから、大方じっとしてられなかったんだろうね。あの気性だから。ねえ、孝兵衛」

「全くだ。あっしが知ってりゃ、あんなへまはさせなかったんだがね。下谷とばかり思ってたもんだから」

「そりゃそうでしょうとも。しかし、親分、その、下谷とかの、兄という人は、どういう人なんですかい」

「浪人者でさ」

「ほう、道理で、おりゅうもひどく変ったところがあったね。な、孝兵衛」

「変るも変らねえもねえ、腕だって凄く出来るってんだが、どうしたって人に頭を下げることが出来ねえ」

「ほほう」

与右衛門はひどく嬉しそうに目を細め、太った膝を乗り出した。

「この節、そんなことを言ってりゃ、相手にする者はねえ。あっしも江戸を広く歩いたが、まあ、あれほどの貧乏は見たことがねえ。いっそ胸のすくような貧乏ぶりだね」

「へえ、それは今時、大したものだ」

「全く、珍しい人間だあね。それに、おふくろが一人あるんだが、もっともおふくろが二人あった日にゃたまんねえが、それがまたどうして、しっかりした、全くの、それ、お武家風と来てやがるんだ」

切れの長い目、白く通った鼻、上品な口、しかもそんな古い、自らの血の乱れに堪え難いように、りゅうの顔にはいつも冷い怒りが含まれているようであった。孝兵衛は何か悔しく、そんなりゅうの表情を思い浮かべながら、言った。

「いつも自分の体をはっていなければ、生きていられないような人ですからね」

「そうなんだよ。孝兵衛」

「でもね、孝兵衛さん、おりゅうの奴は、御趣旨を恐れるような女でもなかろうに、ここんとこ、こわいみたいに神妙だった。あっしゃ奇妙に思ってよ、それとなくお六に当らせてみたんですがね。どうです。願いごとが叶うまでは、誰にだって指一本触らせねえって、噴き出すようなことをのかしやがった」

「えっ、親分、おりゅう奴がそんなことを言いましたかい。こりゃ、どうして、聞き捨てにならん」

「ねえ、与右衛門さん、あれほどの女に、まるでおぼこのようなことを言わせておいて、知らん顔たあ、世の中には罪な人もあるもんだね」

「いや、それというのも、つまりは兄貴に似たからなんでしょうよ」

「あれ、おっしゃいましたね」

二人はいかにも酔いに助けられたように、高高と笑い合った。

孝兵衛が最後におりゅうに会ったのは、昨年の暮のことであった。その夜、帰ろうとする孝兵衛を、おりゅうは酔眼で見詰めながら、言ったものだった。

「帰るのか、そうか、やっぱり帰るのか。いえ、いいの、いいの、帰っていいの。あたし、きっともう会わない」

「どうして、そんなことというの」

「だって、こんな時節だもの。若しも、御迷惑をかけたらいけないわ。あたし、どこかへ行っちゃうの。そして、待ってるわ。待ちぼうけだっていいの。あたし、きっと、待ってるわ」

孝兵衛は決してそんなりゅうの言葉を忘れたのではなかった。むしろ、彼が姿を隠したりゅうの行方を探そうとしなかったのは、そんなりゅうの一言一句も忘れることが出来なかったからでもあった。

「へえ、明日、お許しが出るんだって」

「さよう、一同、お構いなしって、ことになったんでさ」

「へえ、すると、世の中も、幾分変って来ますかな。さあ、親分、ぐっとお乾しになって」

与右衛門は友七の大きな盃に溢れるばかりに酒を注いだ。

「おっ、とっとっと、お武家も御機嫌、町人も喜びゃ、芸者も浮かれる。こう来なくっちゃ嘘だあね。与右衛門さん、そう言や、来年は辰の年、ぱっと景気が立ちやすぜ」

「成程、来年は辰の年。流石に江戸っ児は気が早い。さあ、さあ」

与右衛門は徳利を高く持ち上げて、かなり酔いを発しているらしい友七と、それを奪い合っていた。

十一

下谷坂本町の棟割長屋の一軒に、与右衛門は漸くその家を見出した。

建てつけの悪い戸を、与右衛門が無理に抉じ開けると、障子の破れた間から、室内の様子が見えた。赤らんだ畳の上に、若い男が背を向けて坐り、何か手仕事をしているようだったが、男は戸の開く音にも振り向こうともしなかった。

「ごめん下さいませ」

が、男は一切を無視しているかのように動かない。与右衛門は声を強めて言った。

「ごめん下さい」

漸く奥の方で、女の答える声がして、障子の破れ目に女の歩き寄って来る姿が見えた。女は坐って障子を開けた。

一瞬、鷹揚な与右衛門の顔にも、かなり強い衝動の色が動いた。鋭く光る目、白く通った鼻、固く引き緊まった口許、りゅうの場合、その目は、不意に妖しくその光を変えたが、一目で、この婦人がりゅうの母であることが判った。りゅうの母は格式高く一礼した。

「失礼ながら、こちらは中井新之助さまのお宅でございましょうか」

「はい、さようでございますが」

「手前、布屋与右衛門と申す者でございますが、中井さまにお目にかかりたいのでございますが」

「暫くお待ち下さいませ」

りゅうの母は新之助の後からその由を告げた。新之助はなかば振り返って言った。

「何か、用か」

新之助も、りゅうに似て、色白く、顔立ちの緊まった美丈夫であった。

「どうかお上り下さいませ」

りゅうの母に進められ、与右衛門は閾際(しきいぎわ)に坐った。母親の性格を語るかのように、室内には塵一つなかったが、湿りを帯びた畳の感触が少し気味悪かった。壁には雨漏りの痕が染みていた。

「手前、布屋、与右衛門と申しまして、日本橋新大坂町で布類を商っておる者でございますが」

「用事は何か」

「実は、あなたさまの御高潔な御人格を承りまして、与右衛門がお迎えに参りました」

「と申すと」

新之助は流石に怪訝そうに与右衛門の顔を見た。が、与右衛門はゆったり頬を脹らませて言った。

「失礼ながら、あなたさまには、御仕官のお気持が全然おありなさらんこともないようにも、承ったものでございますから」

「別に好んで浪人致しおるわけでもないが、この節、そのような物好きな御仁はおらんようだな」

「ところが、そのような物好きな人間がいて、このようにお迎えに参ったとすれば、いかがなされます」

「何?」

新之助は強いて笑いを浮かべようとした。が、その口許に微かな痙攣(けいれん)が生じたに過ぎなかった。

「お前は、新大坂町とかで、布類を商っておる者と申したではないか。すると、そのお前が、この自分を召し抱えようとでも申すのか」

「いかにも、手前は布類を商っております町人でございます。しかし、男が男を知る、お大名であろうが、町人であろうが、変るところはございますまい」

「うむ、申したな。しかし、この自分のことを誰から聞いた」

「お妹御のおりゅう殿から承りましてござります」

「帰れ、無礼であるぞ」

「何か、手前、御無礼なことでも申したのでござりましょうか」

「無礼ではないか。りゅうの如き、知ったものではない」

「手前も、直接おりゅう殿から承ったのではございません。手前の弟、孝兵衛と申します者、おりゅう殿と昵懇に致しておりますので、その孝兵衛より、あなたさまの御高潔な御人格を承ったのでございます」

「黙れ、弟とても同じこと。金で買った客、金で買われた者には違いあるまい。穢らわしい、寝物語りに、わが貧乏を嗤いおったか」

「失礼なことを申すようでございますが、あなたさまはあなたさまの妹御をそのような女と思し召しますか、手前は手前の弟をそのような男とは決して存じておりませぬ」

「言わせておけば、先刻から憎げなことばかり申しておるわ」

「おりゅう殿はどのようなことを致しておられましょうとも、御気性は至って御綺麗な方でございます。或はあんまりお心が美し過ぎるのかも知れません。手前の孝兵衛も気立ての至って優しい男でございまして、家業も熱心にやってくれますのですが、困ったことには、女と申せば、国元におります女房の外には、まるっきり知らないという変り者なんでございますよ」

「すると、商人という者は、妻の外にも、仇女を持たねば困るとでも申すか」

「そうじゃございませんか。お武家方でも、女に惚れもせず、惚れられもしないような男に、大した仕事が出来るもんじゃございません。まして商人でございますからね」

「一一、異なことを申すようだ」

「ところが、その孝兵衛も、流石おりゅう殿には、尋常ではないと、睨んだのでございますよ。あのような美しい女に思い思われますれば、一八、男の励みにもなりましょうと、手前はすっかり喜びまして、二人がその気なら、家でも持たせたいと存じまして、孝兵衛に申しますと、孝兵衛は笑って相手に致しません。ある機会を得ましたので、そっとおりゅう殿の耳に伝えますと、おりゅう殿ったら、いきなり手前の頬っぺたを打ったんでございますよ。多分、おりゅう殿は恥しかったんでございましょうが、これだけが玉に疵、全くおりゅう殿はいいきっぷの方でございますからね」

「新之助」

男の頬を打つ、このようなはしたない所業からも、りゅう達の生きている世界のさまも想像されよう。りゅうの母は、その白い眉間に不快の色を漂わせて言った。

「帰っていただきましょう。このような穢らわしいお話を聞く耳は持ちませぬ」

「母上、相手になされますな。穢らわしい、全く犬畜生にも劣る。しかし、そのりゅうも、このような者の囲い者になることは断ったか」

新之助は内心の空しさに打ち勝つように、高く笑った。が、彼の笑声は自らをさげすむようで、直ぐ止んだ。その後には、破れ障子の秋風に鳴る音が、再び鈍く響き続けている。

「ほう、犬畜生にも劣りますか。しかし、さよう致しましても、一体、誰方さまが、あのおりゅう殿をそのような女になされました」

「何、我我のせいとでも申すのか」

与右衛門は暫くじっと考えているふうであったが、漸く口を開いた。

「いえ、多分、あの音のせいでございましょうよ。ほら、お聞きなさいませ。あの破れ障子の鳴っている音を。あの侘びしい音は、昨日も今日も、片時も止むことなく、おりゅう殿の耳底に鳴り響いていたことでございましょうよ。こんなお暮し、お若いおりゅう殿には、いえ手前どもでも、一日だって、我慢出来ませぬ」

「いかにも、町人どもともあれば、さもあろう。しかし、人間は金や物ばかりに生きるものではないわ」

「仰せの通り、お武家方ともあれば、このような破れ畳の上ででも、人格とやら申す痩せ臑を齧ってもおられましょう。現に、こうしてお迎えに参る物好きもございます。母上に致しましても、御立派な昔の誇りもございましょう。が、若いおりゅう殿に何がございます。生きる、何の誇りがございます。手前は決して金や物のことを申すのではございませぬ。一人高しとして、安んじておられるが、その実、すっかり張りを失った御日日、一刻、一刻、何の御希望もない時の経って行く中に、破れ障子の音だけが耳を離れない。若い女にとって、これほどの甲斐ない生き方がござりましょうか。いつまで経っても生殺し、あの烈しい御気性の妹御には、失礼ながら、こんな暮しを続けて行くよりは、我とわが身を打ち砕いてしまう方がましだったのでございましょう。そんな女の必死の気持さえ、あなた方のお目には、犬畜生とより映らないのでございましょうか」

「何だか、異なことばかり申すようだ」

「異なことではございませぬ。武士は食わねど高楊子、などと申しますが、憚りながら手前飢え死になさったお武家さまを存じませぬ。高楊子などとは大嘘。この度の越前守さまの御失敗も、お換え地のお争いが、元のようにも承りますが」

「されば、与右衛門殿、このような世に用いられずとも、自分は決して恥じとは思わぬ。こんな世に節を屈してまで、用いられようとは思わぬ」

「今時のお武家さまには珍しいそのお志、与右衛門、感服致しまして、お迎えに参ったのでございます。力というものを持ちませぬ町人には、節と申しますか、信義と申しますか、そればかりが頼りなのでございますから。しかし、町人ではお気に入らぬ」

「しかし、と申して、この自分には算盤など持つことは出来ないが」

「算盤など持っていただこうとは存じませぬ」

「すると、一体、何を致せばよいのか」

「手前どもにお出でいただいて、さよう、遊んでいて下されば、それで結構なのでございます」

「すれば、つまり居候、それこそ無為徒食……」

新之助の口許には、一瞬、冷やかな微笑が漂い、その目には鋭い殺気をさえ帯びた。

「いかにも、妾の兄にふさわしいとでも申すか」

「先年も、鳥居甲斐守様から、商人は寝ていて利を貪り、贅沢三昧に耽っていると、きついお叱りをいただきましたが、商人は決して寝てなどおりませぬ。舎弟孝兵衛は、一昨年、蝦夷の地へも渡航致しました」

「ほう、蝦夷地へまで渡航致すか」

「明年三月、再び参ることになっておりますから、若し御退屈なようでしたら、御同行願っても少しも苦しゅうございませぬ」

「ああ、さようであったか。つまり舎弟達の用心棒に、この新之助を望まれるか。そのようなことならば、いと易いことではあるが……」

「いえ、そのような失礼なことを、与右衛門は毛頭考えおりません」

「と、申すと」

「一体、町人と申す者は、いかにも算盤ばかり弾いて、利を貪る者のようにお考えでございましょうが、決してそんなものではございません。例えて申しますならば、この着物を作ります棉と申すものは、温暖の地でなければ育ちにくい。ところが蚕を飼う桑の木は、山間寒冷の地にも適するのでございます」

「成程、そういうものでもあろうな」

「従いまして、東の地に適する産物を、西に運び、西の地に適する産物を、東に運びますれば、それぞれの地に最も適する産業が発達致します理でございまして、これが我我商人の一番大切な仕事であろうと存じております。ところが、この蝦夷の地と申しますは、先ずこれを御覧下さいませ」

与右衛門はそう言って、懐中から、と言うより、太った腹の間から、一枚の紙片を取り出して、新之助の前に拡げた。蝦夷地の地図であった。

安永元年（西暦一七七二年）俄羅斯(ガラス)国人（ロシヤ人）約六十人ウルップ島に渡来し、漁猟を営む。

同二年、蝦夷人、俄羅斯国人とウルップ島にて闘争し、双方死傷あり。

同七年、俄羅斯国人ケレトフセメチリヤウコヘッと云う者三十余人を率い、東蝦夷地イキタッフの浦ツカマの運上家に到り、通信通商を請う。

天明四年（西暦一七八四年）俄羅斯人カラフト島に渡来す。俄羅斯人シヨンノスケ、イシコヨハ、タカチノ、三名ウルップ島に渡来す。

同八年、俄羅斯国人アウス、オランダ国加比丹(カピタン)を以て、松前及蝦夷地東察加(カムサツカ)に至る国権上の要害怠慢あるべからずと忠告す。

寛政元年（西暦一七八五年）[2]五月、蝦夷久奈支里(クナシリ)島メマキライ、ユナヌカ、ナルカマツ、アマツ、トラワイン等九ヶ所の夷人乱をなす。松前氏之を鎮す。

同二年、クナジリ島擾乱(じょうらん)後、松前藩より初めて士人高橋某を遣し、再び交易所を建つ。

同三年六月、俄羅斯国人三名カラフト島トンナイに渡来し、松前藩の家臣応接す。

同四年、我羅斯国人イワノフ、カラフト島に渡来す。普請役之に応接す。七月、松平定信、蝦夷地警備の事を議す。九月、俄羅斯国の大船東蝦夷地ネモロに着し、勢州の漂民幸太夫等三名を護送し、通商を乞う。

同五年六月、石川忠房等、俄羅斯国使アタムラクスマレ、根室より来るに会し、漂民を請取り、書簡を与えて、長崎に廻航せしむ。書に曰く、

「今度渡来ノ所書翰一ツハ横文字ニシテ我国ノ人知ラザル所ナリ一ツハ我国仮名文字ニ似ルト雖モ其語通ジ難キ所多ク文字モ亦ワカリ難キニ依ツテ一ツノ失意ヲ生ゼンモ又憚ルベキヲ以テ詳シキ答ニ及ビ難シ依ツテ皆返シ与フ此ノ旨能ク能ク可心得モノナリ云々」

同七年俄羅斯国人グレトフセッシグマンネニチ以下男女六十余人大船に乗じてウルップ島ニナウに渡来す。

同八年八月、英吉利国船一艘（船体の長さ三十間余、大砲二十門、乗組員百余人、船主ブラウンなり）東蝦夷地シラオイ沖よりサハラ、アブタ、エトモへ渡来す。松前の家臣応接し、薪水を給す。

同九年七月、英船エトモに渡来す。是歳俄羅斯国人頻りに蝦夷に渡来し、邪宗門に於て信ずる所の十字木をエトロウ島に建設したり。

同十年四月、幕府吏を遣し、蝦夷地を巡察せしむ。十月十七日、夜和蘭陀船猛風の為め天塩

国ウイエベツ沖に漂着す。甲必丹死すと伝う。十二月、老中松平信明蝦夷警備を管す。是歳、近藤重蔵、蝦夷を巡視す。

同十一年正月、幕府、石川忠房羽太正養を蝦夷取締御用掛とし、松前氏の所管東蝦夷の地を幕府の直轄となす。十一月、幕府、南部津軽の二藩に令し、兵を出して、蝦夷地を衛らしむ。

同十二年四月、伊能忠敬蝦夷を測量す。十二月、ウイエベツ浦へ寧波船漂着、船長劉然乙、江晴川外水主八十六人。是歳、幕府高田屋嘉兵衛に命じ、エトロフ航海の針路を試ましむ。

享和元年（西暦一八〇一年）正月、間宮倫宗樺太、北韃靼を探検す。六月、支配勘定富山元十郎、中間目付深山宇平太の両名、ウルップ島に渡り、島内オカイワタラに至り、「天長地久大日本属島」と刻したる木杭を岡に樹つ。

同二年二月、羽太正養、戸川安倫を蝦夷奉行とし、尋いで箱館奉行と改む。七月、幕府東蝦夷を永久収公す。是冬、近藤重蔵エトロフ島の動静を視察し、復命す。

同三年二月、幕府箱館奉行戸川安倫をして初めて任地に赴かしむ。六月、俄羅斯国の属島ラシヨア島の長夷アキセン、コレウリツを始め男女十四人、エトロフ島のシヘトロに着す。

文化元年（西暦一八〇四年）四月、俄羅斯船西蝦夷地ソウヤに来泊す。九月、家斉、伊能忠敬の「日本全図」を観る。

同二年七月、遠山景晋、村垣定行を遣して、西蝦夷地を検察せしむ。是歳、箱館奉行戸川安倫請いて、蝦夷アブタに牧場を開く、同奉行羽田正養蝦夷地を開拓し、田百四十余町を得たり。

同三年正月、幕府諸藩に命じ、露船の上陸を禁じ、懇諭するも命を用いざれば打ち払わしむ。九月十一日、俄羅斯国船西蝦夷地カラフト島の東オフイトマリの沖に来り、上陸して乱暴を極む。クシュンコタンへも上陸し、運上小屋を焼き、番人四人（源七、富五郎、酉蔵、福松）を捕う。同十八日退去す。

同四年二月、幕府西蝦夷地を収公す。四月、俄羅斯国人エトロフに寇す。五月二十一日、同じくカラフト島ルウタカの番所を侵し、二十九日、ワイシリ島を掠し、六月七日、西蝦夷地ソウヤ附近を窺う。六月、堀田正敦、中川忠英、遠山景普、近藤重蔵等を遣し、蝦夷地を巡視せしむ。七月、箱館に着す。十月、箱館奉行を廃し、松前奉行を置く。

同五年正月、仙台会津の二藩に東西蝦夷地を鎮戍せしむ。四日、幕府、松田元敬、間宮倫宗に樺太奥地を検せしむ。十三日、倫宗ソウヤを発す。秋、仙台会津二藩の兵、軍を撤して帰る。

同六年六月、樺太を改め、北蝦夷と称す。七月、間宮倫宗樺太ラッカ崎を発し、韃靼アルコエに達し、マンコ川を泝り、遂にデレン府に抵りて還る。

同八年四月、幕吏深山宇平太（調役也）石坂武兵衛（下役也）小舟二艘に乗りてウルップ島に行かんとす。偶外船渡来し、武兵衛が舟に来り詞を発す。オロキセ、ラショウを通詞となして曰く「俄羅斯の交易舟なり」と。武兵衛曰く「交易は国禁なり。許すべからず。去る卯年、汝等蝦夷に来りて寇す。今復た来つて寇せんとならば、争闘心に任すべし」と。俄羅斯人曰く「断じて争闘心に訴へんとするにあらず。交易を願ふなり。許さるべし」と。武兵衛曰く「事此処に於て決すべからず。是より十日路にして官庁あり、宜しく往きて訴ふべし。然しと雖、軽々しく舟を寄せば砲を以て撃たるるならん。我汝に印を与ふべし」と。即ちアトイヤに於て会所に来るべき旨を告げ、石坂武兵衛と記したり。俄羅斯国人オロキセを載せ本船に帰る。武兵衛は残余の者を小舟に載せクルップ島に至る。六月露船国後湾に来る。戍兵(じゆへい)艦長ゴロウビン等八人を捕え、松前に送致す。

同十年九月、ゴロウビン等を還す。

同十一年、沿海実測図成る。

文政元年(西暦一八一八年)伊能忠敬歿。

同四年十二月、松前奉行を廃し、松前章広にその旧領を復し、南部津軽の戍兵を撤せしむ。


右のように、寛政文化年間、蝦夷地の事情は既に世人の注目を引き、伊能忠敬、間宮倫宗等によって、極めて精密な測量図が出来上っていた。従って、与右衛門の地図もかなり正確なものであったが、サガーレンや、カムチャカや、千島の北方の島島になると、彼の例の奔放な空想も加わって、微笑の浮かぶようなものもあった。

「ここが箱館の港でございます。上方の船は多く江差、福山の港へ入りますが、江戸の船は先ずこの港に錨(いかり)を下すのが普通なようでございます。ほら、御覧なされませ、四つの半島に囲まれて、湾内深く湾を抱きまして、誠に自然の良港かと存じます。申すまでもなく、箱館御奉行所のござりました所で、戸数一千とも申しますから、既に数千の人間が住んでいるものと存じられます。然し、ある訳がございまして、孝兵衛には奥地に入ることを堅く禁じておきましたので、孝兵衛は海路を、こう福山城に参ったそうでございます。福山城は松前志摩守さまの御城下町でございまして、外濠（そとぼり）、内濠を廻らし、南に向って大手門がございまして、御道幅十間二尺、石垣の高さ一丈二尺、堂堂たるお城だそうでございます。戸数三千と申しますから、お城下町も相当な賑わいでございましょうね」

「ほほう、さように開けておるか」

「流石に、お城下町ともなると、御興味も一入のようでございますな」

「いや、そうでもないが」

「ここが江差でございますな。戸数二千と申します。フトロ、シマコマキ、シツツ、オタスツ、カムイ岬、ここより北には和人の婦女は行くことが許されないのだそうでございますよ。その岬を廻りますと、ウショロ、タカシマ、オタル、更に進むと、イシカリの河口に達します。先にも申しましたように、ある訳がございまして、孝兵衛には奥地へ入ることを厳禁致しておきましたので、孝兵衛はここから引き返したのでございますが、ね、どうでございます、このイシカリ河は大きい川じゃございませんか」

与右衛門が愉しげに指さす図上に、カムロイ山、オショロベシ山、ユラップ岳等の高峰の連なる中央山脈にその源を発した諸川を合わせて、イシカリ川は蜿蜒（えんえん）と流れ、海に注いでいる。

与右衛門は真面目な顔で言った。

「この川の流れようから察しますと、この辺は相当広い平野のように思われます」

「うむ、賢察であろうな」

「恐れ入ります。では、更に北に参りますと、ホロトマリ、ルルモッペ、トママイ、この辺からそろそろオロシヤ船の出没するところでございますな」

「成程、ここがサガーレン、ここがカムチャカ」

「さよう、オコースク海でございます。どうでございます。この海の色は」

「凄いだろうな。氷の山が流れて来るともいう。成程、このように島を伝わって、オロシヤの船はやって来るか」

「さよう、島伝いにやって来るのでございますよ。その、ウルップ、エトロフ、国後（クナシリ）、色丹（シコタン）、ここがネモロでございますよ」

「うむ、成程」

「御意、些（いささ）か動きましてございますか」

新之助は苦笑を浮かべて言った。

「お蔭で、飛んだ所まで参ったものだのう」

「嘸（さぞ）お疲れでございましたでしょう。しかし、開けておりますのは僅かに海岸地方ばかりで、御覧のように、この広大な土地が殆ど白紙のままに残されているのでございます。実を申しますと、このイシカリの川の流れも、山山の名も、手前の出鱈目でございます」

「これはしたり、カムロイ山も、ユラップ岳も出鱈目であったか」

「いかにも、全くの白紙のままでございます。どれほど寒冷の地と申しましても、今も海上から御覧になりましたように、その全土は見事な密林に蔽(おお)われております。人の住めぬはずはございません。それにもかかわらず、何故人が住まないか。もっとも、アイノと申します蝦夷は多く漁猟に従って、農耕を好みませぬにもよりましょうが、第一、交易が殆ど行われていないからでございます。例えば、蝦夷地には棉は穫れませぬ。アイノ達は『オヒョウ』と申します木の皮で織りました『アッシ』と申すものや、獣皮で辛うじて寒さを凌いでおるそうでございます。蝦夷地で穫れます豊富な海産物と、彼地では穫れませぬ綿類や、塩類と交換致し、漸次に寒冷の地に適する農産物を栽培致して行けば、いかなるものかと存じておるのでございます」

「いや、与右衛門殿、初対面の貴殿から、今日は愉快な話を承ったものだ。胸中、一陣の清風が吹き入ったようだ」

「そのお言葉を承って、与右衛門は満足でございます。失礼の数数どうかお許し下さいませ」

「町人と申しても、貴殿のような者ばかりでもなかろうが、いや、全く間違っておったようだ。殊に、蝦夷へは是非とも参りたいものだな」

「蝦夷地開拓のことは、若いあなたさまには幾分かお気散じにもなろうかと存じますが、それにはお願いがございます。商人は何と申しても利を追う者、時に山に入って山を見ないようなこともございますから、彼地御見聞の上は、あなたさまのようなお素人の腹蔵のない御意見を承ることが出来れば、とも存じておるのでございます」

「いや、御高見、感服致した。早速、御好意をお受け致そう」

「新之助」

急に晴れやかな顔を上げた若者を、母は制した。

「御親切なお言葉は有難く承りましたが、新之助、いささか軽率ではありませんか。御先代のこともよく考えねばなりません」

「母上、私は……」

「いえ、母上さまの仰せ、まことに御尤でございます。とくと御考慮の上、万一にもお気が向きましたら、手前方へお顔をお見せ下さいませ。三度も、四度も、お迎えに参るのが当然でございますが、手前、明日、西国へ上りますので、孝兵衛に万事申し伝えて置きますから。いや、突然伺って、飛んだお邪魔を致しました」

いかにも怪訝な表情の解け切れぬ新之助親子に見送られて、与右衛門は飄然と立ち去って行った。その後には、破れ障子が鈍い唸りを立てて鳴り続けていた。

十二

孝兵衛は気持がすっかり動転していた。まるで自分が曝し者になっているかのように、羞恥が却って一種の狂暴な血となって、体の中を駆け廻っているようだった。かっと頭が熱くなったかと思うと、急に頭から血が駆け下った。丁度、大きな波の上から舟が波底に落ち下る時のように、跨間(こかん)に空虚な感覚があった。検挙された女達が釈放されるのを見物しようとする群衆の中に、孝兵衛も交っていたのである。

「何かあるんですかい」

四角い、下駄のような顔をした男が立ち停まって、尋ねた。顔の中央が突き出た、狐のような顔をした男が更に口を尖らせて、答えた。

「売女どもが出て来るんだよ。町芸者の綺麗どころだっていうぜ」

「するてえと、芸者にお許しが出たんですかい」

「急にお構いなし、ってなことになったんだとさ」

「へえ、随分御趣旨も穏やかになったもんだね」

「今までと来ちゃ、無茶だったたからね」

「全くだ。茄子の走りを売ったと言っちゃ、手錠だ、絹の湯文字をしめたと言っちゃ、押し込みじゃ、たまったもんじゃありませんよ」

「言ってるぜ。まるで、手前の嬶に絹の褌でもはかせてるみていじゃねえか」

「いや、どうも」

「煮染め昆布の綿晒、洗い晒しの紅木綿じゃ、ひん剝いてみても罪ねえが、緋縮緬の長湯文字、御趣旨を恐れぬ不届者と来りゃ、少少訳は違おうな。全くうめえことをしやがったのは、お役人ばかりだよ」

「そんなひでえことをするものかね」

「揚屋入りともなりゃ、太夫さんの揚屋入りとは違おうぜ。隠し物でもしていねえかと、褌まで調べるっちゅうぜ。おいおい、何て面しやがるんだ」

だらしなく唇の緩んだ四角い顔。が、それを罵る狐のような顔も醜く歪んでいる。そんな顔と顔が並んでいる間に、孝兵衛もその顔を並べていた。女の浅ましい姿を見ようとして、犇き合っている男達のその顔も、等しく浅ましいに相違ない。が、孝兵衛はこんな男達の間に顔を並べていることによって、せめてりゅうと同じ悔しさの中にいようとしたようでもあった。

幼い時から、人一倍臆病だった孝兵衛は刑罰というものが恐しかった。肉体が受ける苦痛が恐しいばかりではない。人間が人間に自由を奪われるということが、ひどく惨酷なことと思われるのだ。どんな強い人間でも、どんな弱い人間でも、人間が生きている姿は哀しいものであろう。その人間の哀しみさえも、刑罰は少しも容赦しない。孝兵衛はそっと両手を後に廻してみる。直に両手は縄で縛られるだろう。一匹の蚊が飛んで来て、肌に止って血を吸い始める。哀しいことに、どんな兇悪な人間でも、蚊に吸われた後は痒いに相違ない。蚊は二匹、三匹と飛んで来る。が、どんなにしても、自分で自分の手を動かすことは出来ないではないか。

縛られると知りながら、手を後に廻させるものは、一体、何者の力か。孝兵衛の恐怖は、倒錯した、一種の情慾をさえ伴っていた。

「そら出て来たようだぜ」

急に男達の間に動揺が起こった。孝兵衛は後から押し分けて来る男の体を厭らしく感じた。

「あっ裸足だ」

一つの顔が言った。

「それがお定めだ」

女は裸足だった。女は一瞬、夥しい男の視線に躊躇した。が、躊躇してみても、どうなるものでもない。女は不貞腐れたような冷笑を浮かべて、大跨に歩き出した。

続いて、また一人出て来た。化粧の剝げた、青ざめた顔を伏せて歩いて来た。三人、二人と、引き続いて、女は出て来た。その二人の中にりゅうがいた。

土を踏んで動く、りゅうの裸足の白さが、孝兵衛の目に無惨だった。が、りゅうは殆んど表情を動かさなかった。りゅうは門を出ると、立ち停り、空を見上げた。空には、一団の黒雲がその縁を朱色に輝かせて、横たわっていた。丁度、その時だった。俄か雨が激しい音を立てて降って来た。女達は褄を紮げて、走り出した。

そんな不意の変化が、丁度、表面張力のように辛じて保たれていた重苦しい沈黙を破って、一時に罵声となって迸り出た。

「うへっ、凄えところを見せやがらあ」

「全くだ。飛んでもねえ、お江戸のまん中に大根畑が出来やしたわ」

「いやはや、小便芸者にかかっちゃたまんねえや」

「なんておっしゃって、お前さん、涎を落しちゃいけませんぜ」

「いや、見るは法楽、こいつは滅法縁起がいい。たっぷり儲けが見えやすぜ」

目が、男達の目が、重なり合って光っていた。が、りゅうは軽く褄を取って、雨の中を無表情に歩いて来た。黒地に秋篠牡丹を染め出した、時節柄大胆極まるものを着ていたが、白い素顔がくっきりと映え、その表情には少しの汚れも残っていなかった。りゅうの姿は忽ち男達の目を奪った。

「おいおい、凄えのがやって来たぜ」

「お前のは、直ぐ凄えと来るからな。うん、こりゃ凄え別嬪だ」

「おら、あの気っぷが気に入ったね。雨なんか、どこに降ってるって、顔してやがらあな。少少、嬉しくなるじゃねえか」

「何を、しゃら臭え、あれがほんとの『蛙の面に水』ってことよ」

孝兵衛はそっと人群れから離れ、りゅうの後を追って、足早に歩いて行った。

数刻後、大川端の料亭の一室で、孝兵衛はりゅうと向き合って、酒を飲んでいた。先刻から、二人とも口数は少なかった。二人とも感情が高ぶっているので、それを言葉に現わすことが憚られたからである。岸を打つ川波の音が聞こえている。

が、孝兵衛はりゅうの目を見ていると、彼女の感情が激しく変って行くさまが判った。りゅうの目は怒っていたり、甘えていたり、強がっていたり、弱っていたりした。黒い、いかにも瑞瑞(みずみず)しい目である。孝兵衛は杯を乾して、りゅうに差した。りゅうはちらっと孝兵衛と視線の会った目を伏せて、杯を受けた。

「兄さんの所にいたんだってね」

りゅうは頷いてから言った。

「だって、あたし、面倒臭くなっちゃったの」

りゅうは激しく顔を左右に振った。が、直ぐ杯を返して酒を注いだ。

「でも、不思議ね。いつもこういう時になると、あなたって人、現れるのね」

「現れるのねえ、どころじゃなかったんだよ。恥しかったよ。あの下駄を懐に入れて、あの人達と一緒に、お前さんの出て来るのを待ってたんだぜ」

「あたしだって、後から名を呼ばれて、びっくりして、振り返って見ると、あなたじゃありませんか。あたし、体中がかあっとなっちまった」

ぱっと、りゅうは再び顔を染めた。不思議にも、艶かしいというには、あまりにも初心な風だった。孝兵衛は頻りに杯を重ねた。

「手拭を渡して下さって、下駄を並べて下さって、『早く、履くんだ』なんて、恐しい顔して、おっしゃったわ」

ひとり言のように言いながら、孝兵衛を見上げているりゅうの目には、今までの妖しい感情の乱れは最早ない。あの時、汚れを拭いたりゅうの足の裏は紅をさして、美しかった。

禁絹令の吟味の有無をりゅうに聞くように、孝兵衛は与右衛門から依頼されていた。が、このりゅうにそれを聞くことはひどく惨酷に思われた。孝兵衛は酒を茶碗に注いだ。

「あら、大丈夫、そんなことして」

孝兵衛は一気に酒を飲み、重ねて酒を注いだ。

「よし、あたしも飲む」

「いけない。あんたは直ぐ苦しくなるんだから」

「いいの」

りゅうは茶碗を奪い、目をつむるようにして、飲み乾した。

「ね、ね、何考えてるの」

すっかり酔ったりゅうは、孝兵衛の顔を見上げながら、甘えるように言った。しかし、その目には孝兵衛の視線を拒もうとする冷ややかな光があった。りゅうの目の、そんな濡れたような冷たさは、却ってりゅうをなまめかしくして見せた。まるで、冷ややかな目の奥には、より深い感情が湛えられていて、視線の角度によって、二つの相反する感情が妖しく交錯して見えるかのようであった。

「これは浜縮緬じゃないか」

孝兵衛はりゅうの膝の上に手を置いて、言った。

「よくもこれでお許しが出たものだ」

「あたしなんか、お六さんとこで話してただけなんだもの、馬鹿にしてるわ」

「すると、着物の方のお調べは大したことはなかったの」

黒縮緬の、腰から臀部へかけての強い張りを見ていると、漸く酔いを発した孝兵衛の頭には、いつかの、りゅうの無惨な姿も朦朧と思い浮かぶ。

「でも、ひどい目に会ったわ」

こんな体で、どんな凌辱に堪えたかと、孝兵衛はりゅうの体をいとおしむ激情が込み上げて来た。

「かわいそうに……」

「助平」

不意に、りゅうは声を殺して笑い出した。

「何だ、何喰わぬ顔をして、先刻からそんなことを考えていたのか」

「何喰わぬ顔なんかしてやしないよ」

「してる、してる。いつだってそうじゃないか。厭らしい目であたしの体を舐めずり廻しておきながら、いざとなると逃げちまうんだ。穢ならしいったらありゃしない」

「今日は逃げない」

「嘘だ、嘘だ、いつも女の気持を弄り物にしておいて、逃げちゃうんだ」

「逃げない。りゅう、今日は逃げない」

「逃げない？　ほんと？」

「ほんとだ」

りゅうは光る目で、孝兵衛の顔を見据えていた。が、不意に、その両眼から大粒の涙が溢れ出た。瞬間、りゅうは綺麗な微笑の浮かんだ顔を孝兵衛の膝の上に伏せた。

「ごめんなさい」

りゅうは肩を揺って泣いた。孝兵衛はその肩を強く抱き寄せた。

川舟の上って行く、櫓の音が聞こえていたが、軈て岸を洗う波音が一段高く響いて来た。

十三

葦簀障子は庭に向かって開かれ、部屋の一隅には、大輪の花を開いた朝顔の一鉢が置かれている。花の色は白く、僅かに一筋の紅色が差し、その花影を鮮かに紫檀の台の上に映している。

今日も、水野忠邦は書院の机に向かっていた。微風もなく、今日の暑気を思わすように、庭前の白砂の上には、真夏の太陽が照りつけていたが、闊葉樹の木立は深い蔭をつくり、その緑蔭の中には、絶えず蟬の声があった。

天保十四年（西暦一八四三年）閏九月、忠邦は老中の職を免ぜられて以来、殆どこの一室に引き籠り、医学、天文学、兵学、砲術学、獣医学等の蘭書の翻訳書を読み耽っていることが多かった。忠邦が蘭学の書に興味を持つようになったのは、渋川六蔵に負うところが多い。六蔵は、忠邦の老中在職中、天文方見習から書物奉行に用いられた人物であった。

幼少の時から儒学を修めた忠邦には、最初の中、蘭学の書を読むことはかなり苦苦しい感情を伴った。殊に、婦女子の胎内を剖き、その内景を図示するような医学書の如きは、士君子の目にすべきものではなく、このような人間の、或は神仏といってもいい、尊厳を犯して憚らない蛮夷の所業に、忠邦は憤りをさえ感じた。

が、次第に、忠邦は西洋の実学の軽視することの出来ないことを知るようになり、軈て、それは驚異の感情となった。

解き開かれた人体の中には、それぞれの機能を持った臓腑が、それぞれの形態をして、それぞれの位置を占めている。先年、前野良沢、杉田玄白等が千住小塚原で刑人の屍を腑分けするのを見、蘭書の教えるところと寸分も相違のないことを確かめたとも聞いた。

いかなる貴人も、いかなる美女も、万人異るところはない。最早、どんな感情もさしはさむことの出来ない厳粛な事実である。不潔なのは真実ではなく、真実を隠そうとする人間の甘さであった。

かつて、結髪の令に叛いた女の髪を剃り、服飾の令を犯した女の衣服を焼くことを、彼が許したのも、法の厳正を守る強い意慾のためであった。真実を知るためには、人体の神聖をさえ、敢て犯す、西人の意慾の強靭（きょうじん）さに、忠邦は驚異と同時に、共感に似た感情を抱くようにもなっていた。

医学といい、天文学といい、兵学といい、砲術学といい、忠邦はそんな蘭学の書を読むに従って、愈愈（いよいよ）西人の侮ることの出来ないことを知った。彼等の最も恐るべきは真実を知ろうとする、非情にも近い、精力的な意慾であった。それに引き換え、わが国の、天下太平、御治世万歳的政治家が最も恐れたことは、真実を知ることではなかったか。

天保十三年（西暦一八四二年）異国船打払令の緩和を令したのは、忠邦が幕閣の首座にあった時のことであることは注目すべきであろう。同時に、攘夷（じょうい）、国防の急先鋒であり、忠邦が推服していた水戸の斉昭（なりあき）に対しては次ぎのような処置を執っている。

「水戸中納言殿昨年来国政格別に被二行届一、文武は不レ絶研究被レ在レ之候趣、一段之事に被二思召一候猶此上御在邑中、御領分末々迄、公儀御徳化に相靡（なび）き、被レ遊二御安心一候様、厚く御世話可レ被レ成候、依レ之御伝来之一振被レ遣候、永く御秘蔵可レ被レ成候、且御領分中巡見之節御用候様、御鞍鐙被レ遣、并(ならびに)何か御用途之為、黄金被レ遣候、源義殿（註、光圀(みつくに)）之遺志を被レ継、益励二忠誠一候様可レ被レ成候、（傍点筆者）」

しかし、右の「御在邑中」とあるのは、その前年「水戸殿御領中、土地方改正も不二行届一、且御住居向焼失後普請も出来不レ申に付、当年中御在所之通被二仰付一候処、土地改正并文武之儀骨折御世話有レ之旨入二御聴一、不二一方一御配慮之儀と思召候に付、別段之訳を以て、五六年御在邑被成、御世話被レ在レ之候様被二仰出一、（傍点筆者）」というのを指すものであって、斉昭を巧みに水戸に敬遠し、その急鋒を避けたかと解されなくもない。忠邦は斉昭と等しく国防論者であったが、決して開国論者ではなかったから、斉昭に対して、敬遠策をとったのは、その極端な攘夷論と、水戸学風である、儒学的精神主義を恐れるようになっていたからではなかろうか。

一方、忠邦等の反対派であり、改進論を以て御治世を乱す危険思想であるとする保守派は、忠邦を斥(しりぞ)けた翌年、斉昭に蟄居(ちっきょ)謹慎を命じている。

「水戸中納言殿御家政向、近年御気随之趣相聞、且御驕慢に被レ為レ募、都而御一己之御了簡を御制度に被レ触候事共有レ之候、御三家方は、国持始め、諸大名之可レ為二模範一所、御遠慮も不レ被レ在レ之候始末、御不興之事に被二思召一候、依レ之御隠居被二仰出一駒込屋敷へ御住居、穏便に急度御慎可レ被レ在レ之、御家督之儀は、鶴千代麿殿へ被二仰出一」云云。

右によっても、改新、保守の両派が常に勢力を争い、激しい消長を繰り返していたことが判る。更に当時の改新政策さえも鎖国封建経済の矛盾の中にあったことも明瞭であろう。例えば、彼等の主張する国防にしても、既に疲弊した封建経済の耐え得るものではないはずである。忠邦がその矛盾を察知していたとまでは思われないが、先年来の改新政策の数数の失敗によって、その矛盾に直面したことは確かであろう。

天保十五年（西暦一八四四年）五月、江戸城の本丸が焼失した。幕府は老中首席土井利位を掛部官に任じ、本丸の再建を計らせた。が、勿論幕府の財政に余裕があるわけはなかったので、例によって、利位は諸大名や大阪江戸の商人達に、内願という形式で、献金を命じなければならなかった。しかし諸藩の財政も封建経済の埒外（らちがい）にあり得るはずはなく、その多くは極度に困窮していたので、これに応じるものは少かった。その上、海外の形勢も漸く切迫するものがあったので、幕府の内部から忠邦の復活を要望する声が起こった。

が、忠邦は固く辞して応じなかった。忠邦は厳格、単純、自ら信じることの強い性格であったけれど、流石に先年来の経験によって、自分達の階級がいかに信頼するに足りないかを知らされたし、野に在った一年の生活は、内外の時局がいかに困難であるかを沈思する時間を与えられた。

しかし時局の困難が忠邦を尻込みさせたのではない。「天下」のためには、この謹厳な彼が一身の保全を計るようなはずはなかった。むしろこの困難に際し、彼に対する信望の起ることは、五十男の政治家にとっては至って満足なことでもあったろう。すれば忠邦が固辞したのも、彼自らの比重を試みようとする、儒教的政治家の常套手段でもあったと解するより他はないかも知れない。

「大岡主膳正様、お見えになりましてございます」

一人の侍臣が敷居越しに両手を突いて言った。大岡忠固は忠邦の腹心の士である。或は内心彼の心待ちしていた人かも知れない。が、彼にはそのようなことを表情に表すような愛敬はない。忠邦は殊更永い瞑想から醒めたように、顔を上げた。

「そうか。客間へお通し申せ」

客間は三十六畳、清清しい青畳の上を、微かに風が吹き通った。若年寄大岡忠固は浅黄小紋の上下を着け床を背にして坐っていた。忠邦は薄茶色の上下を着け、相対して坐った。

「格別の暑気でございますな」

「なかなかきびしゅうございますな」

腰元が高坏を捧げて、茶菓を献じた。その間、忠固は堅く口を結び、静かに扇を使っていたが、自分の帯びている使命の重大さにいかにも満足な様子であった。腰元が去った。漸くにして、忠固は重重しく口を開いた。

「越前殿、御決心願えましたでしょうな」

「決心とは」

「申すまでもないこと。今日の場合、いかに致しましても、貴殿の御決心をお願い致すより他はございません」

「そのことならば、幾度申されても、御無用でございましょう」

「いえ、手前と致しましても、いかに仰せられましても、今日は引き退るわけにはまいりません」

「しかし、大炊殿は」

「大炊殿は、ここ数日、御登城ございません。御病気の由でございますが」

忠固は低く声を立てて笑った。不意に、忠邦の胸中を苦苦しいものが走った。昨年、封地転換のことに関し、武士階級の反対にあい、進退に窮した時、忠邦も同じく病気と称し、登城しなかったことを思い出したからである。幕閣に列るほどの武士が何という道化たことを繰り返さねばならないのか。暫時、忠邦は何者かの嘲笑する不吉な声を聞いているような思いの中にいた。

「そのことでございますが、実は本丸御再建の御上納金のことにつきまして、仙台より、先例がないという理由で、お断りでございました」

「先例がない？」

「いかにも、御本丸御造営に際しまして、諸藩に御上納せしめられました御先例はないようでございます」

「うむ、先例がないか」

「取り敢ず、右筆(ゆうひつ)組頭の休蔵に、御役御免、仰せ出されましたが、御外聞を汚し、誠に醜態の極でございます」

「いかにも、先例はない」

本丸は百有余年間罹災(りさい)することはなかったので、先例などあろうはずはなかった。しかしこのような事態に際しても、諸藩の財政の疲弊を憂うるのではなく、幕府の威令の凋落を嘆ずるのでもなく、問題はその先例の有無であった。明敏で、性急な忠邦がこのような保守派の遣り方に対して、寸刻の躊躇も許さないような忿懣(ふんまん)の感情を抱いたのも、また当然のことであろう。

「つきましては、この際、越前殿の御決心を願うより他に、収拾の途はないと阿部殿初め、等しく御一同の御意見なのでございます」

「阿部殿が、そのようなことを申されたか」

阿部伊勢守正弘は封地転換の反対者ではなかったが、忠邦失脚後、その反対者であった、土井大炊頭とともに、幕閣に列していた人である。

「この度は阿部殿が終始御熱心に主張なさるのでございますが」

「うむ」

「昨年の御無念のほども、決して忘れてはおりませんので、堀殿に致しましても、きっと御自重、時機の来るのをお待ちになっていたのでございますが」

堀大和は忠邦が最も信頼した人であって、忠邦の退職の後も、御側御用人として、留任していたのであった。

「越前殿、昨日御内旨仰せ出されたのでございます」

「えっ、御内旨でございますと」

「さよう。越前殿に曲げて出仕致すよう、御内旨がございましたので、畏れながら、拙者参上致しました次第でございます」

「さようでございましたか」

忠邦は精神の激しい動揺を怺えていた。阿部伊勢の言動にも信頼しがたい節も感じられなくもなかったが、最早、何も言うべき時ではない。不意に、蟬の鳴く声が彼の耳に聞こえて来た。いうよりは、蟬時雨(せみしぐれ)の中に坐っている自分に、忠邦は初めて気がついたようであった。

十四

藤村与右衛門は中仙道の松並木道を歩いていた。街道には晩夏の太陽が照りつけていたが、あちこちの木立には法師蟬が鳴き頻っていた。振り返ると、白銀色の雲の峰を背景にして、彦根城の天守閣が聳えている。

先日、与右衛門は江戸店の孝兵衛から、次ぎのような手紙を受け取っていた。

「(略)水野越前守様御老中に御再勤被遊候由、何者か『そら出たぞ油断をするな土用水』などと落首致候者有之、諸説紛々、市中一時は大いに驚愕致候共、今日迄の所さしたることも無之、世上無事、大いに安堵致候(略)」

与右衛門は懐中から手拭を取り出し、顔の汗を拭いながら、歩いて行った。与右衛門は肥満していたので、汗は拭く後から流れ落ちた。青田の間を、街道は低い山なみに沿って、南北に通じている。軈て、与右衛門は街道を右折し、つまり山に向かって折れ、爪先上りの道を上って行った。

井伊家の菩提所であり、藤村家の墓のある竜潭寺はその山裾にあった。元来、藤村家は浄土真宗門徒であり、私有の墓地を持つことは許されなかったが、与右衛門の父は長浜の出であり、その実家が落魄(らくはく)した後は、与右衛門が継承した形になっていた。

山門の前には、老樹が鬱蒼(うっそう)と老い茂り、深い木蔭の中には、絶えず涼しい空気が流れていた。

「おお、冷やっこい」

与右衛門は思わず足を停め、襟を開いて、汗を拭いた。与右衛門はもうはっきりと季節の移っているのを感じた。

山門を入ると、人影のない境内は森閑と静まり、紅蜀葵の花が咲いていた。甃の上を伝って行くと、箒目の綺麗に入っている砂地を不意に黒い影が掠め過ぎた。与右衛門が振り仰ぐと、青い空の中を一羽の鳶が大きく弧を描いて舞っていた。

与右衛門は玄関へは向かわず、庫裡の方へ廻って行った。

「これはこれは、与右衛門さん、お久し振りで」

庫裡の中は薄暗く、急激な光線の喪失した中で、与右衛門の目は奇妙な光彩に覆われてしまったようであったが、聞き覚えのある寺男の声が聞こえた。

「ほほう、甚さんもお元気で」

「お蔭さんでな。丁度よいとこ、中野さまがお見えになっているようでございまするがな」

「ほう、それはよいとこ、後ほど御挨拶に伺うとして、とにかくお墓参りをすませて来ましょうわい」

「はいはい、直ぐ持って来ますほん」

甚助は線香や、藤村家の抱茗荷の定紋のついた閼伽桶などを持って引き返して来た。

与右衛門は線香の細い煙を靡かせて、経堂の横を過ぎ、両側に萩の花が咲き乱れている石段を上って行った。その後から閼伽桶を提げた甚助が従った。

「与右衛門さん、旦那さんがお参りやす時には、不思議に中野さまがお見えになっとりますな」

「これも御縁と申すものやろかい」

「ほんまに、ほうでございますな」

井伊家の苔蒸した大小の墓石の立ち並んでいる間を進んで行くと、一番奥まった所に、与右衛門の父の生家である岡嶋家の墓地と並んで、藤村家の墓はあった。

「甚さんや、お墓はやはり古うならんと、値打ちがないね」

「ほんまに、旦那さん、ほうどすがな」

至極簡単な礼拝を終って与右衛門は何かひどく面白そうに、閼伽桶の水を柄杓(ひしやく)で汲んでは墓の上から掛け続けていた。

墓参を終った与右衛門は、竜潭寺の書院で、井伊家の家臣、中野右近と対坐していた。

「この度は、格別のお働き、一段のことであった」

江戸城本丸再建の上納金の一端に、与右衛門が井伊家に献納したことに対する礼を、右近は述べたのである。

「身に余るお言葉、恐縮至極に存じます」

「いずれ何分の御沙汰もあろうが、殿にも御満足のお思召しと拝されたぞ」

「恐れ入りましてございます。しかし、そのようなお言葉を頂くほどのことでもございません。金などと申すものは、今時の商人には有り余っているのでございますから」

「またしても、早早から豪儀なことを申しおるわ」

「いえ、豪儀どころではございません。手前ども商人はつくづく困っているのでございます」

「与右衛門殿、冗談もよい加減に致されい。金が余って困るとは、右近寡聞にして聞いたことがない」

「ところが、でござりまする。金と申すものは、おあしとも申しますようにぐるぐると廻っていてこそ利を産むもの、商人にとりましては、余っている金ほど役に立たぬものはございません」

「では、ぐるぐると廻せばよいではないか」

「ところが、さよう簡単には参りません。つまり商人と申すものは、利のないところへ金を出そうとは致しません。逆に申せば、金を出したいような商売がないということでもございましょう。売れないから買わない、買わないから金が余る、と申した道理。当節の金はすっかり怠け者になってしまいましてございます」

「はて、これは奇妙な、手前達のところへ来る奴は相変らず至って足まめの者ばかりだが」

「厭じゃ、厭じゃ、と申しますか。いや、これはどうも、恐れ入りました」

右近は三十半ば、与右衛門の気性を好ましくも思っているらしく、二人は低く声を合わして笑った。

「もっとも、皆舎弟孝兵衛の申すことでございますが、このような状態は俗に申します頭打ちの状態でございまして、産業も行きづまり、お国のためにも至極憂うべき状態だとも申しておりました」

「いかにも御舎弟らしい申しよう。御健在のようだね」

「至って元気に致しておりますが、おりゅうと申す女に惚れられて、弱っております」

「またそういうことを、いきなり飛んでもない者が出て来たわ」

「全く、飛んでもない、凄いほどの別嬪で。町芸者なんでございますよ」

「ほう、町芸者か」

「孝兵衛は、手前同様、格別の変人でございますから、そのおかしいったら、なんのって……」

与右衛門はひとり面白そうに笑い出した。

「ほほう、お手前同様にね。して、あのような固い御仁が、どうしてそのようなことになったものか」

「と申しますのが、また野暮ったいお話でございまして、先年の御改革の砌(みぎり)、おりゅうなる女が、往来で衣類お調べを受けておりますところへ、孝兵衛が通り合わせ、偶然町方を見知っておりましたので、一寸口を利いたのが始まりなんでございますが、それがその飛び切りの代物なんでございますよ」

「成程。すると、御改革で、兄貴殿、飛んだものに当てられたか。いや、お察し申す」

今度は右近がひとり声を上げて笑い出した。

「いや、何とも彼とも阿呆なことでございましたが、御改革と申せば、この度、越前様再度お出ましのようでございますな」

「そのようだね」

「江戸では『そら出たぞ』などと、大分騒いでいるようでございますが」

「そのようだね。しかし流石の与右衛門殿も、水越公はちと苦手のようだが」

「苦手も苦手。また何が飛び出すか判ったものじゃございませんよ」

不意に、木の葉の鳴る音がして、大粒の雨が降り出して来た。

「ほほう、夕立だね」

右近はそう言って、庭の方へ目をやった。そう言えば、遠く雷鳴がしていたようであったが、いつの間にか空はまっ黒い雲に覆われ、雨は屋根を叩き、木の葉を鳴らして、激しく降って来た。

「与右衛門殿、これは極秘のことに属するのだが……」

右近は急に緊張した顔を与右衛門の方へ向けた。が、頰の下脹れした与右衛門の顔には殆ど何の変化も起らなかったので、却って右近の表情には心安らげなものが見えた。

「この度の越前守の御再任は、御本丸御普請のこともあろうが、御内政の問題というより……」

一瞬、電光が閃き、激しい雨音の中に、雷鳴が轟き渡った。

「実は、この四月来航したオランダのカピタンが長崎奉行に差し出した書面によるとだね。イギリス、フランスの両国がわが国に正式に通商を求めようとしているので、オランダの国王が心配して、使者をわが国に派遣するという」

「へえ」

「その使者は、今までのように通商のためにやって来たカピタンの類ではなく、国王の正式の使者であるから、軍艦に乗り、兵を率い国書を日本大君に呈そうとしているのであるから、そのお心得ありたい、というので、長崎奉行がすっかり驚いて、急報して来たようなんだが」

「して、それは近近のことなのでございましょうか」

「使者はもう本国を発したという」

一閃(いっせん)の電光とともに、激しく雷が轟いた。

「へえ、それはまた一段と面白いことになってまいったじゃございませんか」

「このような事態に立ち到っては、土井様も御老中に留るわけにはまいるまい」

「そういうものでございましょうか」

「土井様は先きに御治世を乱すものとして、水戸公に御隠居を命じている。若しもカピタンの書簡のように、オランダ国の使者がまいったとすれば、そのお立場は全然ない。それに比べると、越前守のやり方は些か違う。異国船打払令を廃すると同時に、水戸公の御機嫌も取り結んでいる。この場合、越前守より他に先ず人はないではないか」

「成程。さよう致しますと、この度は御改革どころの騒ぎではないと仰せられますか」

「さよう、その点は与右衛門殿の御賢察に任せよう」

雷は幾分遠くなり、空も少しく白らんで来たようであったが、雨はまだ激しく飛沫を上げて降り続いている。

「勿論、御通商などと申すことは、容易なことで行われるものとは存じませんが、若しもそのようなことともなりますれば、手前達こそ大事、御改革どころの騒ぎじゃございません」

「どうして」

「そうじゃございませんか。通商を許すか、許さないか、水戸様がどうのこうの、とお騒ぎなさるのはお武家方でございましょうが、肝腎（かんじん）の通商を致すものは、我我商人共じゃございませんか」

「また、そのようなことを申すわ」

「いいえ、これも孝兵衛の受け売りでございますが、仮りに通商が開かれた場合、二つの場合が考えられます。一つの場合、こちらのものがむこうのものより安いと致しますれば、こちらのものはどんどん出て行きまして、品不足の高値が生じましょう。もう一つの場合、逆にこちらのものが高いと致しますれば、むこうのものがどんどん入ってまいりまして、不引合の安値となりましょう。全く以て、我我にとりましては大へんなことなのでございます」

「すると、どちらにしても、面白くないと申されるか」

「ところが、さようではございません。孝兵衛が申しますには、買い手があれば売り手がある。つまり使い手があれば作り手がある。品不足の高値になりますれば、どんどん作り手が出来ます。逆に不引合の安値になりますれば、どんどん使い手が出来ます。こうしてわが国の産物は大発展を遂げ、近年の焦げつき相場も打ち破られ、あの怠け者も大手を振って歩き出すことでございましょう」

「なかなか難しいことのようだが、はたしてそのように好都合にまいるものか」

「万事は手前どもにお任せ下さいませ。お国のために、一つ大儲けを致して進ぜましょう。世界を相手に金が歩けば大きな利を生じます。その利を蓄え、その上で、大砲を買い、軍艦を買い、攘夷なり、打払いなり、お好きなことをなされればよろしいではございませんか」

「言うわ。与右衛門」

「与右衛門は大きな船を造ります。その大船に打ち乗って、アメリカ、オランダ、イギリス、フランス、ポルトガル、天竺、大明国、コーライ、サガレン、オロシヤ……」

不意に、庭前の光景が急変したように思い、右近は庭の方に目を遣った。既に雨は止み、西の空の雲が破れたのか、夕陽が差し入ったところだった。折から、風が吹いて来て、斜陽の中に白い雫(しずく)を散らした。清涼の気が肌に染みるようだった。

ふと見ると、与右衛門は船上にでもいるつもりであろうか。至極真面目な顔をして、小手をかざしている風に見えた。が、その時、廊下に足音がして、老僧が現れた。

「お話はおすみになったかな」

「いいえ、相変らずの馬鹿話、飛んだ失礼を致しました」

「どうして、馬鹿話どころか、与右衛門殿の大気焔を承ったところですわい」

老僧は涼しげに笑って、

「では、早速、お食事を進ぜよう」

十五

「一金壱万両也

右者此度下歩之金子相働調達致呉候ニ付御上御満足御思召候

尤右御返済之儀ハ翌乙巳より甲寅迄霜月晦日、返済金壱千両也利足月六歩霜月と六月支払候也」

月六歩とすれば、年七割二歩、可成の高利というべきであろう。それを殊更下歩といっているのは、当時は月一割が普通だったからである。町人が大名への貸金をいかに危険視していたかが判る。(別に、請取金が遅滞した場合には、直接百姓へ引合宰配致す旨を承認した城主の裏印も得ている)

上州安中城主に対する右のような用立を終った与右衛門は、一旦高崎の質店に帰り、それから、伊勢崎、桐生、足利等を経て、結城の町へ入った。上州路の秋は次第に深く、青く澄んだ空を赤蜻蛉の群れが飛んでいるような旅の日が続いた。

新しく建増したとはっきり判る建物の中からは、梭の音が聞こえて来た。その軒下を通って、与右衛門は織屋万兵衛の店先きに入って行った。

「これは、与右衛門さん、よくお着きになりました」

低い格子障子の帳場の中から顔を上げた四十恰好の男が、そう言いながら店先へ出て来た。主人、万兵衛である。

「寅吉、早くお濯ぎを持って来う」

足を濯ぎ終った与右衛門は万兵衛に言った。

「いや、万兵衛さん、早速ながら織り場の方を見せていただきましょうか」

「さようでございますか。では、御案内致しましょう」

工場の中には、二十台ばかりの織機が動いていた。襷を掛け、前掛を締めた、機上の女が紐を引くと、梭は固い音を立てて経糸の中を走り、女が足を踏み交わす毎に、筬は、絹糸の摺れ合う音を立てた。二十数台の織機の立てる騒音は場内を圧し、紐を引く女の手には力が入った。

与右衛門の姿を見ると、機上の女達は目礼した。与右衛門は満足げに一一頷き返した。

仕掛台には、錘から糸巻へ、糸巻から太鼓へと経糸が巻きつけられ、太鼓を緩く廻わすと、数列に並んだ錘と糸巻が早い速度で廻転した。

「ほほう」

窓から差し入っている秋の日光の中を、谷川の流れるように絹糸が動いて行くのを見上げながら、与右衛門は思わず感嘆の声を発した。

京都西陣では早くから絹織業が発達し、貞享二年（西暦一六八五年）、幕府が生糸輸入に制限を加えてからも、所謂「登せ糸」と言って、京都へ送られる国内生糸は著しく増加し、絹織物の生産を促したのである。

この上州、野州の地方でも養蚕は早くから盛んであったが、未だ西陣のような分業化は見られず、百姓は自分で蚕を飼い、繭を取り、糸を繰り、絹に織って、僅かにそれを販売する状態であったようである。『足利織物沿革誌』によると、「当時足利には未だ専業の織屋少く、何れも農間の副業として、婦女子の稼穡の余暇を以て、蚕児を飼ひ糸を製し、或は草綿より絹糸を紡ぎ方言之をビンビン糸といふを用ひ、居坐り機脚を以て織りたるものにして、云々」とある。が、徳川中期以降、絹布の需要が激増するにつれ、地方の機業も次第に発達し、専業の織屋が出来るようになった。彼等は自家の生産だけで間に合わなくなると、従来の副業的な機業者に生糸を供して賃織りさせ、或はその婦女を臨時に雇い入れるようになり、その結果、製糸製織行程が分離され、小規模ながら製織工場が起った。

しかしながら、天保年間を劃して、絹布の需要は漸く飽和点に達したもののようで、その結果、西陣機業は新興の地方機業の圧迫を蒙るようになった。そのことは西陣の機業者達が度度「田舎端物」の質的、量的の制限を当局に請願していることによっても明らかであろう。

左に掲げるのは西陣織屋の戸数概数である。

延享年間　　六三〇軒
文化年間　　一一一七軒
天保改革前　二二一七軒
嘉永三年　　八九八軒（休織八二軒）

天保改革後の西陣機業の急激な衰退は、禁絹令もその一機因であったかも知れないが、享保二十年（西暦一七三五年）「向後問屋の他には猥に糸直買仕候者有之急度可相咎候」という、生糸直買の独占権を持っていた京都和糸問屋が、問屋廃止令によって受けた打撃の間接の影響とも見られ、嘉永年間になっても、その回復がはかばかしくないところから見れば、地方機業の圧迫が増大したことも考えられなくもない。

与右衛門は奥の客間に通され、万兵衛の饗応（きょうおう）を受けていた。

「辛子漬、うまいですな」

与右衛門は盃を乾して、万兵衛に差した。

「いや、江戸のお口には合いませんでしょうが」

「上手に漬けてある。万兵衛さん、おかみさんを大事にしなされや、飴煮（あめに）も、こりゃ、うまい」

「いつも家内とも話しているのでございますが、与右衛門さんに上っていただくのが一番張り合いがございますよ。つまらんものを気持よう上って下さって」

「いやいや、生れつきの遠慮なしでござってな」

「どう致しまして、その方がどんなに嬉しゅうございますか。時に、この度は、お国の方からお下りでございましたか」

「さよう、実は国におりまして、越前守様が再び御出馬の由を承ったものですから」

「いつに変らず、お早いことでございますな」

「ところが、どうして、そうは柳の下に泥鰌はおりませんわい。これが全くの慾張り損のくたぶれ儲け、いやはや笑止なことでござんしたわ」

与右衛門は腹を揺って笑いながら、さも愉快そうに言い足した。

「糸だって、けろりとしているじゃありませんか」

「さよう、存外しっかり致しておりますな」

「もっともこれで当り前、物の相場というものが恐れながらお上のお触れ一本で動くようじゃしようがございませんからね」

「全くでございますよ。越前守様も先年の御失敗にはよくよくお懲りになったことでございましょうよ」

「商人にとっては、緋縮緬のお湯文字を買って下さるお女﨟が相手じゃない。一本の犢鼻褌を買ってくれる何十万何百万の八公が相手ですわい。この景気などと申すものは、丁度、利根川の水のようなもので、何千のお触れだって、どうなるものでもありませんよ」

「全くその通りでございますよ」

「問屋だって、自然の必要で出来たもの。そいつを無理に潰そうたって、そうはまいりませんよ。必要がなくなれば、自分から潰れてしまいますよ。現に一番困ってござるのは、お上の力に頼らなければやって行けないような連中ばかりじゃありませんか」

「そう承れば、西陣は大分ひどいようでございますな」

「ひどいですよ。機屋もひどいが、問屋筋はもっといけないでしょうな」

「この辺でも、今年は大阪の問屋がめっきり多かったようですが」

「当り前でしょうよ。商人のくせに、お上の力に頼らなければならないなんて、商人の風下にも置けぬ代物、なんて、言ってみたくもなるじゃありませんか」

「全くですよ。『地方端物』などと言っておきながら、二つ目には『恐れながら』なんでございますからね」

「時勢ですよ。時勢に逆うことは出来ない。いや、時勢に逆わなければならないようになったら、おしまいですよ。万兵衛さん。大いにおやんなさい。失礼ながら、御必要ともあれば、手前も出来るだけのことは致しましょうからな」

「布屋さんのそのお言葉を承っただけで、まるで大船に乗ったようでございますわ」

その時、十六七の娘が燭台を持って入って来たので、いつか部屋の中も薄暗く、庭には虫が鳴き頻っているのに、与右衛門は初めて気がついた。娘は燭台を置くと、一礼した。万兵衛が言った。

「手前娘、かよでございます」

「おや」

与右衛門は寸時不思議そうな顔をして、言った。

「この娘御には、先刻織場でお目にかかったように思いますが」

「いかにも仰せの通り織場の方を手伝わせております」

「これは嬉しいことを承りましたわ。万兵衛さんもよい娘御を持たれたものだ。こりゃ、この小父さんがよい婿殿を探さねばならんわい」

「いや、恐れ入ります。さあ、さあ、お重ねなすって」

「いや、一つお受けなすって」

バサッと強い音がして、何か障子に当ったようだった。聽て、透き通るような声で、虫の鳴く音が耳近く聞こえて来た。が、二人の商人は、時には高い笑声さえも交えて、酒を掬み交わし続けていた。

十六

弘化二年（西暦一八四五年）二月、水野忠邦は在職僅か九箇月、再び老中の職を免ぜられ、出羽山形に転封され、蟄居を命じられた。彼の配下である鳥居耀蔵等の不正に因ると言われていたが、そのようなことは与右衛門には最早関心はなかった。果してオランダ国王の使節は国書を持って来朝したのであろうか。

三月二十七日未明、与右衛門は目を覚ました。表を乱れた足音が走り、急き込んだ男の声が聞こえてきた。

「近いぞ」

「うん、神田の美倉橋あたりだぜ」

与右衛門は起き上り、行灯の灯を強めて、着物を着換え、部屋を出て行った。

台所には、賄方の久助が大きな鼾を立てて眠っていた。

「久助、久助、起きてくれないか」

久助は殆ど反射的に飛び起きた。

「どうやら、火事のようだから」

「えっ、火事、火事でございますか」

「そのようだから、皆を起こしてもらおうか」

店の間には丁稚と手代達、次ぎの間には番頭達が眠っている。

「火事や、火事や、起きたり、起きたり。ほれは、また、何をぼやぼやしてるんやい」

国訛りの強い声で、久助は頻りに呼び立てている。孝兵衛は帰国中で不在だった。与右衛門は雨戸を繰った。月はなく、四辺はまだまっ暗だった。

「あっ、まっ赤だわ」

不意に、どこかで、女の叫ぶ声が聞こえた。が、その後は、また深い闇に包まれてしまった。こんな静けさの中で、人の家が燃え続けているのであろうか。与右衛門はじっと闇の中を見入っていた。

四辺や往来が次第に騒騒しくなって行った。藤村店の表戸は開かれ、軒下には店名の書かれた提灯が吊るされ、店先には与右衛門を中心にして、番頭や丁稚達が居並んでいた。そこへ棟梁の大蔵が駆けつけて来た。

「旦那、火元は神田豊島町でさ。今、富松町が燃えておりやすぜ」

「風はどちらかな」

「それが生憎(あいにく)、東なんで」

「そいつは、一寸いけないね」

「どうも面白くござんせんよ。いずれ、また伺いやすが」

大蔵が立ち去ると、手代達は立ち上り、提灯に火を入れて、それぞれの得意先を見舞いに駆け出して行った。

「馬喰町が危いぞ」

「いんや、四丁目は燃えとるぞ」

そう言って、人人が駆け去っていく頃には、それ等の人人の顔も見分けられるほど、夜はすっかり明けはなれていた。空は一面に曇ってい、その東の空は黒い煙に覆われ、かなり強い風が黒い粉を撒き散らしていた。

大きな握り飯にかぶりついている丁稚達を、与右衛門は眺め、頷きながら、自分も握り飯の朝食をとっていた。

「握り飯って、うまいもんだね。久助のはまた格別なんだろうがね」

幾分薄くなった頭に鉢巻をしめ、飯を握っていた久助が、台所の落ち間から顔を上げて言った。

「そやかて、旦那さん、こっちは熱うて、熱うて、手の皮が剝けてしまいましたがな」

「道理で、うまいはずだよ。久助さんの皮つきと来たわ。さあ皆どっさり喰べておくんだぜ」

右に左に、往来を駆け違う人の群れがその数を増して行き、藤村店の店頭にも火事見舞いの客が駆けつけて来るようになった。三度目に、大蔵が左官の久松と共にやって来たのは卯の刻も少し過ぎていたようであった。

「どうもいけませんや。橋本町まで燃えて来やしたよ」

「ほう、大分近うなって来よったわい」

「風もいけねえから、お蔵の方、ぼつぼつ始めるとしましょうかい」

「じゃ、そう願おうか」

藤村の土蔵は、与右衛門の夢のような空想を、孝兵衛と大蔵とが設計して、特別の仕掛が出来ていた。もっとも左官の久松は、

「俺の塗った壁の中に、火の粉でも入るっていうのか。馬鹿馬鹿しい」と、ひどく不満な様子であったが。

与右衛門が命じると、番頭が丁稚達を引き連れて、土蔵の中へ入って行った。土蔵の片隅の床板を上げると、その下は地下室になっているらしく、一人の番頭が梯子を下すと、二人、三人、素早く梯子を伝い下りた。丁稚達は一列に並んだ。

「ようし、始めた」

「よし、行くぞ」

土蔵の中に積まれた商品は、丁稚の手から手に順順に渡されて行き、地下室の下り口まで来ると、掛声とともに穴の中に落される。途端に、反物を受け止める音が地下室の中に響いた。彼等の動作は、幾度も訓練されていたもののように、極めて敏捷に行われた。

「落ちよ落ちよと、それ」

「よいしょ。落としておいて……」

「落ちたお千代を……」

「抱いて寝もせずに……」

反物の山は次ぎ次ぎに低くなって行った。漸くその大部分を運び終り、最後に帳場の手箪笥（てだんす）が吊るし下されると、大蔵が与右衛門に言った。

「それじゃ、もうようござんすね」

「うむ、よかろう」

二重になっている地下室の下り口が閉ざされ、大蔵と久松が掛声とともに栓のようなものを引き抜くと、突然異様な音がして、土蔵の床と地下室の間に砂が滑り落ちて来た。

与右衛門が振り仰ぐと、両刀を佩（はい）した中井新之助が立っていた。与右衛門が新之助を訪ねて以来、新之助は時時藤村店へやって来るようになった。与右衛門が月月の附け届けを怠らなかったことは言うまでもない。

「これは恐縮、早早にお見舞い下さって」

「大火と承り、早速に駆けてまいりましたが、これはまた大したものでございますな」

「いやいやお恥しい。素人の戯れと、いつも左官屋さんに笑われておりますわい」

その時、大蔵が幾分聞こえよがしに言った。

「久さん、そろそろ水栓抜いて貰おうか」

果して新之助は聞き咎めた風に言った。

「水栓とは、何か、水でも……」

「はい、ちょぼり、ちょぼりと、砂に湿りをくれてやりますわ」

与右衛門はいかにも得意げに、声を立てて笑い出した。丁稚達はまた一列の列を作り、店の商品を倉の中に運び入れていた。

最後に土蔵の中の五つの桶にも水が張られると、一尺にもあまる分厚い白壁の観音開きが与右衛門の手で締められた。久松は梯子に上り、同じく白壁の窓の扉をとざし、床下の通風口にも蓋を当て、その合わせ目に漆喰を塗って行った。

その頃、街上には、避難を急ぐ人人や、荷物を積んだ荷車が押し合っていた。

「何を、うろちょろしてやがんだい」

「こら、その車、横にしちゃ駄目じゃないか」

「ちょいと、そこのねえちゃん、手を引いてやろうか」

混雑の間を縫って、二人の若い女が逃げて行く。

与右衛門を初め、藤村店の人人は店頭に集まっていた。隣りの丸幸店も、向かいの西宇店も避難を始めるらしかった。荷車には既に商品が積まれ、小僧達は紺風呂敷の包みを背負って立ち騒いでいる。藤村店の丁稚が言った。

「丸幸さんとこはもう逃げるんかい。随分あわてん坊だよ」

「そんなこと言って、煙に巻かれるなよってんだ」

西宇店の人人も五台の車を連ねて、逃げて行ってしまった。その頃になると、路上には次第に人の数は少くなり、無気味な風が吹き過ぎ、大小の焦げ屑を飛び散らした。

蒼白な顔をした一人の男が、いかにも火に追われて来たように、振り返り、振り返り、駆けて来た。

「鞍掛橋が……」

男は意味のない言葉を呟くように、繰り返しながら駆けて行く。

「焼けてるぞ」

男は一生懸命に走っているようであったが、足はすっかり縺れていた。威勢よく車を連ねた人達が、却って虚な車輪の音を響かせて、その後から追い抜いて行った。

「そろそろ腰を上げねばならないか。皆、揃っているな」

与右衛門はそう言って立ち上った。

「久助さんがいません」

「そう言えば、先刻から、久助の姿が見えないな。ありゃ、全く、そういう風に出来ているんだね。長生きするよ」

丁稚達は久助の名を呼んだ。久助は隠しきれぬ風に、人の好い微笑を浮かべながら、走り出てきた。

「じゃ、行くぞ。はぐれぬようにな」

与右衛門を先頭にして、皆外に出た。火は近くまで燃え移って来ていて、振り仰ぐと、数軒向こうの屋根の上に立てられた「に」組の纏には、早黒煙がまつわりついている。火の粉が激しく落ちてくる。

不意に、与右衛門は踵を返して歩き出した。

「主人、どうなされた」

新之助が、驚いて尋ねた。

「一寸忘れ物ですがな」

「忘れ物なら、手前がとってまいろう」

「いやいやそれほどのものでもござんせんわい」

与右衛門は引き返し、店の中に入って行った。仕方なく、新之助達もその後に続いた。

流石に幾分急ぎ足で店の間に上ると、与右衛門は閾の上に落ちていた前掛を拾い上げて言った。

「やれやれ、もう少しで焼いてしまうところでしたわ」

「うん、前掛でござったか。いや、御長命なことでしょうな」

新之助の高い笑い声に誘われ、与右衛門も笑い出した。その意味を解することは出来なかったが、皆の顔にも一斉に笑いが伝わって行った。

十七

　数刻後、与右衛門達は藤村店の焼け跡に立っていた。余燼が煙を立てて燃えている、その強い火気が頬に痛いくらいだった。大蔵が鳶口で焼け柱などをかきのけると、火の粉が飛び散り、一瞬、焰を立てて燃えた。

　四辺は一面の焼け野となり、神田川のあたりまで見渡された。その焦土の中に、商店の土蔵があちこちに焼け残っている。中には、火が入ったと見え、盛んに黒煙を吹いているのもあった。が、藤村店の土蔵は白壁を僅かに汚したばかりで、何の異状も見られなかった。大蔵はその土蔵を見上げながら、誇らしげに言った。

「どうだい、久さんの土は違おうな」

「土が違うと申すと」

　新之助も土蔵を見上げながら尋ねた。

「この壁の色をご覧なさいまし。あれだけの火を浴びて、まるで雪の肌じゃござんせんかい」

「やはり秘法でもあるのであろうな」

「さよう、勿論土質も違げえやすが、久松と来た日にゃ、練り土を半年以上も寝かしておきやすぜ」

「その道によって賢し、か。さようなものかな」

丁稚達はまた列を作り、手渡しに手桶を運んで、焼け跡に水を掛け始めた。水を掛ける度に、激しい音がして、白い煙が立ち上った。

与右衛門は大蔵を呼んで言った。

「差掛けで、直ぐにもかかって貰いたいんだが」

「へえ」

「蔵からこう差掛けで、蔵の冷え次第、開店と致したいのだ」

「旦那さん」

そこへ久助が一層赤くした顔を差し出して言った。

「お茶でも沸かしましょうか。もったいない、こないに火種が仰山ございますでな」

「うむ、そう言えば、ひどく喉が渇いたね。いかにも、火種には事欠かぬか」

「へえ、早速、熱いとこを差し上げましょう」

久助は小走りに去って行った。

「では、棟梁、早速に取りかかって貰おうかい。大工さんの音は勇ましいもんだからね」

「合点だ。この焼け跡第一番に、あっしが鉋の音を立てやしょう」

何か怪訝そうに考えていた新之助が、その引き緊まった口許に苦笑を浮かべて口を挟んだ。

「いやはや、全く驚き入った。いかにも火種は事欠かぬであろうが、一体、何で湯を沸かそうと申されるか」

「いや、これは迂闊な、うっかり久助奴に乗せられましたわい」

その時、丁稚達の間から笑声が湧き上った。久助が焼け跡の上に坐り、掘り起した穴の中から、何かを取り出しているところだった。

「あっ、一升徳利だ」

「ほら、今度は、お釜の中から、茶碗だ」

「わあっ、土瓶だ」

一面焦土の中で、色彩も格別鮮かな青土瓶の、丸丸と太ったような胴を両手に抱いて、久助は顔中の相好を崩していた。

「中井さん、その道によって賢し、でしょうがな」

与右衛門は愉快そうに腹を揺って笑い上げた。その時、魚屋の清吉が例の大仰な勢いで駆けつけて来た。肩に乗せた大皿には、見事な鯛が載っていた。

「旦那、お見舞でござんすよ」

「それは御丁寧に」

「ところが、手前からじゃねえんで。『御存知より』と来やがらあ」

与右衛門の前に据えられた大皿の鯛の上には、「御見舞」と記された紙片が添えてあり、小さく「御存知より」と書き加えてあった。確かに女の筆蹟であることが判った。清吉は口を尖らせて言った。

「火元は富松町でさあな」

「おや、わしは豊島町と聞いたが」

「どうして、あっしゃ『火事だ』ってんで、ふっ飛んで行ってみると、富松町が燃えてるところだ。チェッ、富松町なら大丈夫だってんで、河岸へ行っちゃったんでさ。もっとも野郎が汚れ褌振ってみたって、どうなるもんでもなし、商売は一日だって休めねえ」

「そこだよ、清さんの嬉しいところは」

「ところが、どうも危えてんで、すっ飛んで帰って来てみると、全く、驚き入谷の時鳥、くろ煙の立っている焼け跡に、凄え別嬪が立ってるじゃねえか」

「そいつは、清さんも、驚いた」

「こっちは『御存知』とは知らねえや、天から降ったか、火の中から湧いたかと、目を白黒してるていと、いきなり『御存知』が言いやがるんだ。『何をぼやぼやしてるんだい。藤村の旦那はあの気性だからね、女房なんか探すのは後でいいよ。さあ、景気よく飛んで行っておくんなさい』って、畜生、肩をぽんだ」

「すると、清さんとこもいけなかったのかね」

「家ですかい。そんなもの、いい按配に、こんごり焼けておりましたよ」

「そいつは、少少態なしだった」

「態があるも、ねえも、全く、旦那、罪というもんだ」

「でも、清さん、一寸別嬪だろうがね」

「あれ、あんなことを、おっしゃってござるわ」

二人は高高と笑い出してしまった。

与右衛門はひどく上機嫌であった。彼は懐中から半紙をとり出し、土蔵の石段に腰を下した。が、石段はかなり熱していたらしく、あわてて尻を上げた。彼は手拭を敷き、その上に腰を下した。漸く熱さを防ぐことが出来たのか、与右衛門は矢立の筆を取って、いつもの奔放な筆勢で、孝兵衛への手紙を書き出した。

「当三月二十七日、寅刻豊島町（或富松町共云）より出火」

与右衛門はまた尻に熱さを感じて来たのか、一寸腰を上げた。が、直ぐ腰を下して、書き続けた。

「折柄東風強く、辰刻店焼失、尤十分手廻取片付、土蔵無難、其外諸道具鍋釜に至迄（是は久助働也）一切不申焼」

与右衛門はまた腰を浮かせた。

「店中怪我も無之、下火打消、蔵冷え次第、土蔵前差掛普請にて商内可申相始、引続土蔵塗替可致、店普請之儀大工大蔵へ申付、土蔵塗替之儀左官久松へ申付候右様御承知被下度候」

「なかなか熱いもんだわい」

与右衛門は再度腰を上げ、暫く尻を撫でていた。

「新之助殿早早よりお手伝、尚『御存知』殿より火事見舞第一番にて、見事なる鯛一尾頂戴、今夕、刺身、宇志保汁（眼肉は手前ちゃうだい）、塩焼にて、新之助殿大蔵等にも振舞、大いに可致賞味、貴殿不在残念の事に御座候乍併来四月松前御渡海之儀不致変更、且又当方至極達者、復興差支無之候間、予定之通緩々御休養可被成候」

与右衛門は急いで立ち上り、ひとり笑いを洩らしながら、鯛の皿に添えてあった紙片を取り上げ、それを二つに折った。

そこへ、久助が土瓶を提げてやって来た。久助は与右衛門に茶碗を差し出しながら、のんびりと言った。

「なんせ、火種がよいで、早う沸きますわい」

「これは有難い。おや、中井さんはどこへ行かれたかな」

「先刻、あっちの方へ歩いて行かれましたがな」

「ふむ、そうかい。折角、熱いお茶、沸かしてくれたのにね」

「ほんまに、ほうですがな。旦那さん」

与右衛門は再び石段の上に腰を下し、半紙を開いて、書き足した。

「二伸、新之助殿、急に姿不見相成候非常際無断消失不届至極、吃度（きっと）叱言可申候歟。呵々」

十八

浦賀港の番所で積荷の検査を受け終った竹生丸は、浦賀水道を過ぎ、房総半島の沖を廻ると、稍稍取楫を取りながら、進路を東にとって進んで行った。つまり竹生丸は楫を少しく北にとりつつ、ひたすら沖合に向かって乗り出して行ったので、晩春の霞に包まれた房総半島は、いつか渺渺とした空と海の中に消えてしまっていた。

竹生丸は二十二反帆、九百五石六斗積の帆船で、絹布、綿布、麻布、絹糸、綿糸、麻緒、真綿（近江産袋綿、岩代産羽綿）、打綿（青梅綿、蒲団綿）等の他に、米、酒、塩等を満載した。風は至って順風で、真帆に風を孕んだ竹生丸は、七丈三尺余寸の檣頭に丸に与の字を朱色に染めた帆旗を翻しながら、快速に進んで行く。

先刻から、孝兵衛は真向に腰を下し、じっと海上を眺めていた。空に白雲があり、蒼黒くその影を映した海面には緩く、大きなうねりが起伏していた。突然、孝兵衛は激しい慾情を感じた。

とよはいつものように孝兵衛の耳朶を撮まんでいた。とよは二十九、眉の剃り痕が竹の葉のように青い、至って内気な妻女であったが、孝兵衛は二人の体の間には一筋の紐も介在することを許さなかった。

「また、永い、お留守になるんやわ」

孝兵衛は無言で、しっかりととよの体を抱いていた。孝兵衛の皮膚は最早とよの皮膚を感覚しないまでになっていたが、強く力を入れれば入れるほど、とよの鼓動はどこか遠くへ消えて行くようでもあった。

「この人」

不意に、とよが手と足で孝兵衛にしがみついて来た。二人の体が激しく揺れた。

とよの喰いしばろうとする口が開き、醜く痙攣した。途端に、そのとよの口から空気の抜けて行くような呻く声が断続して、とよは両足を硬直させた。

「あれ」という風に、りゅうは小さく舌を出して、おどけてみせた。近く見ると、りゅうの顔はむしろ浅黒く、肌理(きめ)も幾分荒い方であったが、その体は際立って白く、肌理も至って細かかった。りゅうは仰臥(ぎようが)しているので、その乳房は二つの緩い隆起を作っているに過ぎなかったが、静脈が青く透いているまっ白い脹らみには快い緊張感があった。孝兵衛は更に上体を持ち上げた。りゅうの腹部の真中には深い窪みがあった。

「いや、そんな淋しい顔するの、いや」

孝兵衛は叱られた子供のように急いで体を伏せた。大柄なりゅうの体は温く、豊かな肉感があった。が、孝兵衛は一種の寂寥感ともいった、奇妙な感情に捉われていた。

とよはりゅうに比べると小柄であったが、意外なほど豊麗な乳房を持っていた。が、二児を哺育(ほいく)したとよの乳嘴(にゆうし)は黒く、その先は肥大していたし、とよの臍(へそ)の窪みは柿の花のように浅かった。が、とよも、りゅうも、同じところに同じものを、同じ数だけ持っていることには変りがなかった。大きいのや、小さいのや、白いのや、黒いのや、が、一つとして同じものはありはしない。目も、耳も、鼻も、指も、その指の爪さえも。二人はそれぞれに「わたしのもの」を持っている。孝兵衛は二人の女のそんな「わたし」が哀れだったのだ。が、多くの男を知っているりゅうの体は彼の体に同じことを感じているかも知れなかった。

不意に、孝兵衛の耳許にりゅうの微かな笑いが聞こえたかと思うと、りゅうは両手を彼の首に絡ませて来た。

「いや、何を考えてるの。しとにこんなことさせておいてさ。馬鹿、馬鹿」

孝兵衛もそんな妄念を振り払うように、りゅうの首に腕を巻いた。

が、何も彼も同じことであった。初めのうちは、羞恥を隠そうとしてか、却っておどけてみせたりしていたりゅうも、やはりしどろもどろの姿だった。孝兵衛も変りのあるはずはなかった。あのような激しい孤独感も、その後には、いくらかの悔恨を伴った懈怠（けたい）と化してしまったではないか。

水押（みよし）の切る水の音、轆轤（ろくろ）の軋（きし）む音。果てもない海の上を渡る孤舟の上で、淫らな人の姿を求めてみても、総て空しい。

漸く、孝兵衛は顔を上げた。そこへ新之助が歩み寄って来た。孝兵衛は少しあわてた風に、微笑を浮かべて言った。

「いかがですか。海の旅は」

しかし、孝兵衛の微笑は全然反対の感情の中から湧いたように、ひどく淋しげに見えた。新之助は孝兵衛の言葉には答えないで言った。

「どうかなされたか。お体でも悪いのじゃありませんか」

「私はね、船にはあまり強い方じゃないんですが、今日はこんなに穏かですからね」

「全く、海って素晴らしいものですね。しかし、顔色もよくない」

「いや、実はね、この果てもない海ってものを見ていましたらね、私がこんなところに、こうしているということが、ひどく頼りなくなってしまってね。いや、全くつまらない話なんですよ」

新之助は怪訝そうに、一寸孝兵衛の顔を伺ったが、急に軽い口調で言った。

「孝兵衛さん、下で、一献始めようか」

「まだ、少し日が高いようじゃありませんか」

船は稍稍北に偏しつつ、東に向かって走っている。従って、既に西の空に傾いた太陽は、船尾から左舷(さげん)へかけて照らしていた。

「しかし、私は主人から言われているんですよ。『船に乗ったら船頭まかせ。あなたの酒の相手だけしてくれればよい』ってね」

「へえ、そんなこと言ってましたか」

孝兵衛は笑いながら、腰を上げた。

「面白いことを言ってられましたよ」

二人は並んで歩き出した。

「『弟は船にはあまり強くないらしいが、酒さえ入れば大丈夫。それ、船がいくら千鳥足になろうと、千鳥足と千鳥足とじゃ、お合い子だからね』なんてね。全く面白い人だよ。とっても弟思いなんですね」

「あれで、なかなか苦労性なところがありましてね」

「いや、大したものだ。正に快男子ですよ。いつかも『商人には惜しい人物』って言ったら、怒ったわ、怒ったわ」

「へえ、そんなことがありましたか」

二人は海口（かいのくち）から胴間（どうのま）の方へ下りて行った。三間（さんのま）と二間（にのま）の狭い間を通って行くと、屋形では数人の若い水夫達が轆轤の柄についていた。狭間（はさみのま）の右舷の方は船頭藤吉の居間である。二人は左舷の部屋の戸を開けてその中に入った。

天井は至って低く、床の上には上敷きが敷いてある。部屋の隅には、ごつい金具をつけた、孝兵衛の船簞笥が一つ。その鍵は新之助の腰に提げられている。孝兵衛の腰には一寸三分の阿弥陀仏が堆黒（ついこく）の厨子（ずし）の中にあった。

新之助は二つの茶碗を揃え、一升徳利から酒を注いだ。孝兵衛は合わせ行李（こうり）から曲げ物を取り出して開いた。りゅうから贈られたものの一つである、蛤（はまぐり）の時雨煮であった。二人は茶碗を高く差し上げてから、口に当てた。

「よいと捲け。よいと捲け」

若い水夫達の轆轤を捲く声が聞こえて来た。竹生丸はこの辺から進路を北に変じるようだった。

新之助は蛤を口にほうり込んでから言った。

「随分、沖へ乗り出すものなんですね。私はまたもっと陸地に沿って、航するものかと思っておったが」

「沖乗りとか申して、渡海の新法の由で、藤吉はかなり得意のようですが」

「ほほう。渡海の新法ですか」

「陸地の近くは却って波も高く、磯岩に打ち上げられる危険もあるとかで、このように一気に沖合い遠く乗り出してしまうのですが、どうやらここらで方向を変えるらしゅうございますわい」

轆轤の軋む音とともに、船尾の方で、水の渦巻くような音が聞こえている。新之助は茶碗の酒を飲み干した。孝兵衛はそれに酒を注いだ。新之助は孝兵衛達のようには酒を嗜まなかった。

その秀麗な顔の目の縁は、早薄く染まっていた。

「しかし、見渡す限り、空と水ばかりの海上で、いかにして方向を定めるものでしょうな」

「太陽の日影によって、定めるそうです」

「では、夜は」

「夜は、星辰（せいしん）によって、定めると申しておりますが」

「雨の日は。曇りの日は」

「磁石、オクタント等と申すものを用いるようですが。渡海の術は天文学とも深い関係がありまする。手すきともなれば、藤吉から面白い話を聞くことに致しましょう」

孝兵衛は静かに茶碗の酒を傾けた。その口から、ほっと深い吐息の洩れるのを聞いたように新之助は思った。が、孝兵衛は穏やかな微笑を浮かべていた。不意に、新之助が若若しく目を輝かせて言った。

「孝兵衛さん、あなたは私の伯父に非常によく似ています」

「そうですか。あなたの伯父御さまにね」

「ええ、伯父は讒を得て、切腹を仰せつかったのですが、実に立派な人でした」

「ほう、切腹とは困りましたが、私はそんなえらい方じゃないから、安心ですがね」

「さっき、甲板におられました時ね、なんて淋しい人だろうと思ったのでしたが……」

「つまり大へんな臆病者なんですね」

「不意に、すっと、どこかへ消えてしまうんじゃないか、と思ったりしたのですが、こうして二人でお話していると、却ってこちらの気持が安まるようで、いつかすっかりあなたに寄りかかっているんです」

新之助は気負った風に酒を飲んだ。その目には青年らしい喜色があった。

「伯父がそんな人でした。切腹を仰せつかった時も、実に従容としていましてね。却って周囲の者の方が、伯父のそんな姿を見ると心が落ち着いたほどでした」

「余程、立派な方だったのですね。そんなえらい方に似ているなんて、飛んでもない」

「いえ、同じです。十年前、伯父の前に坐っていた時の気持を思い出したんです。不思議なほど、その時の気持と同じなんです」

孝兵衛は茶碗を取り上げ、なかば恥しげな、なかば信愛な微笑を浮かべて言った。

「しかし伯父上は、このように茶碗酒は召し上がらなかったでしょうが」

すると新之助もまっ白い歯を見せて微笑した。孝兵衛はふと、りゅうの、微笑がきらきらと零れ散るような、綺麗な笑いを思い出していた。

「ところが……」

新之助は無邪気に笑い続けながら言った。

「伯父も御酒は無類の好物、その静かな飲み振りまで似ておりました」

「そうでしたか。しかし私のは見せかけだけで、本当は大へんな臆病者なのですよ」

「いえ、お一人の時は実に淋しそうだが、こうして対坐していると、非常に温いものを感じます。伯父が、やはりそうでした」

「飛んでもないこと。伯父上は死に際しても従容としておられたそうだが、私など生きるだけで、うろうろしておりますわい」

「失礼ながら、町人にこのような人があろうとは夢にも思わなかったのです。初めて、与右衛門殿にお会い致した時も驚くには驚いたが」

「或は町人だから、こんな男が出来たのかも知れませんよ。町人は何一つ力を持っておりません。そんな人間が、毎日、こんな遠い旅を続けていねばならんのですからね」

孝兵衛は茶碗の酒を飲み干した。そうして、更に手酌で酒を注いだ。

「しかし兄は違います。兄は常に何かを求めて、歩き続けているような人です。私のは何かに追われて、逃げ迷うているようなものです。大した違いですよ」

「しかし、わが頼んだお方は……」

新之助はふざけたように言った。が、孝兵衛の顔を伺う新之助の目には孝兵衛に対する若者らしい信頼の色があった。

「少し、勇まし過ぎはしないでしょうか」

「いや、そんなことはないでしょう。あれが兄の本心なんだから。兄は赤ん坊のように邪気のない男ですよ。一寸ばかりいたずらっけはありますがね。とにかく、兄貴には敵(かな)いませんよ」

「しかし、変な言い方ですが、私には逆のようにも思われるんですがね。あなたの方が、どこか強い……」

「そうね、強いというより、しつっこい、自分ながら厭な男ですよ」

「そ、そんな意味じゃありません」

「いや、しかし、一寸酔ったようだな。少し風にでも当って来ましょうか」

孝兵衛はそう言って立ち上った。新之助はその後に従った。

海口から左舷に出ると、竹生丸は確かに進路を北に転じていて、真正面の水平線の上に、大きな太陽がゆらゆらと揺れていた。落日の他には、一点の視野に入るものもなく、海上は一面、七彩の反射光に耀(かがや)き、いかにも絢爛(けんらん)とした西海の感じだった。

思わず、二人は肩を並べて、立ち止まっていた。流石に新之助は青年らしく、初めて見るこの壮大な風景を前にして、昂然と肩を張っていた。軈て、太陽は水平線下に徐徐に没し始めた。

不意に、新之助が昂奮した声で言った。

「確かに、丸い。確かに地球は丸いですね」

「確かに、そんな感じだね」

孝兵衛は新之助の肩に手をかけ、労(いたわ)るようにそう言った。

太陽は真紅の櫛(くし)となり、真紅の眉となり、軈て一点の真紅となって、水平線下に没した。いつか海上のきらびやかな光線も消えた。しかし、孝兵衛と新之助はいつまでも洋上の幽玄な変化に見とれているようだった。

竹生丸は稍稍面楫を取りながら、進路を北にとって、快速に進んで行く。

十九

弘化二年（西暦一八四五年）旧五月三日、福山、函館で商用を終った孝兵衛は新之助とともに、アイヌの通詞サンキチに馬を引かせて、函館を出発した。

函館の街を離れると、意外にも爽快な風景が展開した。空気が乾燥している故か、風が一入肌に涼しく、トドマツ、エゾマツ、カラマツ等、内地では見馴れぬ喬木が緑の枝を伸ばし、ヨモギ、フキ、トリカブト、タチツボスミレ、ハナウド、ツリガネソウ、カヤ、オニンモッケ、クサノオウ、カサスゲ、ヨシ、ススキ等が群生している、一望の原には、赤や白や黄や紫の草花も咲いている。孝兵衛は新之助を顧て言った。

「蝦夷地とは申しながら、意外にも晴れやかじゃございませんか」

「全く、風の故か、気持がせいせい致しますな。それに、もう一里余りも歩いたでしょうが、見渡す限りの草原、いかにも新地清涼の感じですね」

「成程、新地清涼とは、ぴったりその感じでございますな」

二人は軽快な足取りで歩いて行った。その後から、和人の服装はしていたが、濃い髭を垂らしたサンキチが、馬の手綱を引いて行く。孝兵衛はこんなにも遠くへ来てしまった故か、却ってあの手に負えない寂寥感に陥るようなことはなかった。むしろ彼は快活な風にさえ見えた。

或は蝦夷地の新鮮な初夏の風物が、彼にひたすら「前へ」と命じるのかも知れない。

孝兵衛は松前家に対して、豪華な西陣織を初め、諸品とともに献上金をした。その返礼として、松前家から、渡島半島東海岸の砂原附近の漁権を譲与された。孝兵衛は竹生丸を砂原へ廻航させ、自分は新之助と陸上を砂原へ向かったのである。

「孝兵衛さん、これ、みんな桔梗じゃありませんか」

「そうですね。驚きましたね、桔梗ばかりなんですね。花時にはさぞや綺麗なことでしょうよ」

サンキチが深い髭の中の厚い唇を動かして、言った。

「キキヨーノと、ここを申します」

孝兵衛はサンキチに頷いてから、新之助に言った。

「しかし、蝦夷地のものは、何に限らず、大規模のようでございますな。内地では、一つのものが、こんなに群って生えていることは珍しゅうございましょう」

「地味もなかなかいいようじゃありませんか」

「そのようですな」

孝兵衛達は更に二里近くも歩いたであろうか。太陽は彼等の頭上に輝いている。この辺も平坦な草原であったが、次第に沼沢地が多くなり、エゾノリュウキンカ、ミズバショウ、ミドリトクサ、ヤナギトラノオ、エゾノカワチサ、エゾノミズタデ、ヒロハエビキ等の、見馴れぬ好湿性の植物が群生していた。

孝兵衛達は数本の大木が濃い蔭を作っている、草叢（くさむら）の中に腰を下し、昼食を取ることにした。

新之助がその一本の巨木を見上げて言った。

「ほう、これは何の木でしょう」

「ナラじゃないでしょうか」

その時、サンキチが怪訝そうに呟いた。

「おう、オヒョウ」

「オヒョウ?」

新之助が聞き咎めた風に言った。

「何、オヒョウだって。どの木だ」

「これでございます。山の中にはたくさんございますが、こんな所には珍しゅうございます」

新之助が見上げると、楕円形（だえんけい）の葉をつけた喬木の枝先には、淡黄色の小さい花が咲いていた。

孝兵衛はサンキチに馬の背から一升徳利をおろさせ、それを抱えて言った。

「さあ、軽く一口」

新之助は笑いを浮かべて茶碗に受けた。

「お好きなんだなあ」

「いや、こればかりが、疵に玉」

孝兵衛も笑顔で茶碗を差し出した。孝兵衛はサンキチにも酒を注いだ。サンキチは髭を掻き分け、その口に茶碗を当てて、一気に飲み干した。その髭の根もとには小さな雫が白く光って見えた。

新之助は半ば飲み残した茶碗を下におくと、再び顔を振り向けて、言った。

「そうか。これが、オヒョウか」

「オヒョウ、オヒョウと、先刻から、馬鹿にお気にかかるようですが」

「と、申すには訳がある。実は、与右衛門殿が初めて下谷のあばら屋にお見えになった時、このオヒョウの話が出たのです」

「成程」

「その時も、与右衛門殿は商売の理を説き、蝦夷地の開拓を語られて、大気焰だったんですが、今、そのオヒョウの木の下で、こうして、あなたや、サンキチと酒を酌み交わしている。感慨無量なものがあるじゃありませんか」

「そうでしたか。考えてみると、人間って不思議なものなんですね。今、こんな所でこんなことをしているが、みんなほんの僅かな運のつながりで、来年の今、どこで、どんなことをしているか、お互に判らないんですからね」

こんな遠隔の地に来ているということが、孝兵衛の心の中に人間の運命というものを一入強く感じさせたようであった。が、その感情はいつもの虚無的なものとは稍稍異り、例えば漂泊者の懐くような、不思議な勇躍の思いにも似たものが、彼の心の底に微かに動くのを覚えた。

「しかし、手前はそろそろ飯にしましょう。大分、腹がすいたようだ」

そう言って、新之助は籐の飯盒の蓋を取った。が、孝兵衛は徳利の首を握って、酒を自分の茶碗に満たし、サンキチの茶碗にも注いでやった。

樹蔭の中には、絶えず爽かな風が吹いていた。というより、清冽な空気の流れの中に、孝兵衛は体を浸している感じだった。肌が風に濡れているようにも快かった。

「少し、寒いくらいだ」

孝兵衛は微笑して、心持ち冷えた体を日の当っている方へ動かした。初夏の日差しに、風に濡れた肌が乾いて行くかとも思われた。

「わあ、満腹した」

新之助はそう言って、いきなり草叢の中に大の字に寝転んだ。青く澄んだ空に、白雲が浮かんでいる。どこかで小鳥の囀る声が聞こえていた。

思うともなく、新之助の頭に、江戸の陋巷に明け暮れる、日日の生活が思い浮かんで来た。以前の習慣通り、新之助は毎朝早く起きた。が、きまって最初に思うことは、母に朝の挨拶をする以外には、何もなすべきことがないということであった。与右衛門という風変りな男を知るまでは、それでも貧苦の中に生きる張り合いのようなものがあった。しかし、与右衛門から援助を受けるようになってからは、それさえもなくなった。彼は若い体をもてあますように、時時、木刀を振ってみることもあった。が、その彼を見る人人の目は、軽蔑と憐憫以外のものではなかった。彼は時には日本橋の藤村店に赴いてみることもあった。与右衛門の語る商売の理はひどく洪大なものであったが、その実際には何の興味も持つことは出来なかった。勿論、彼は失禄の身であった。が、当時の武士の生活がどんなものであったかということも、彼は知りつくしていたのである。

何事もはいはい左様御尤も
　仰せの通り申付けましょ
いや夫れは先規なき事御勘弁
　然るべからずけっして御無用

しかし、今、中井新之助は蝦夷渡島国の大草原の中にその身を横たえていた。空は青く、太陽は輝き、風は絶えず彼の頬に戯れている。いつか、白雲は少しくその形を変えたようでもある。新之助の身中にも、何か新しく目覚めるものがあった。新之助は心気の昂ぶるのを押えるため、殊更、寝転んだまま言った。

「孝兵衛さん、イシカリへ行ってみようじゃありませんか」

「イシカリへね、どうして、また、突然に……」

孝兵衛は新之助の方へ目をやった。が、新之助は組み合わせた両手の上に頭を乗せ、じっと空の一角を見詰めたまま、語り出した。

「あの時、与右衛門殿は蝦夷地の地図を示されましてね。図上で方方へ御案内下さったのですが」

「成程、兄らしいやり方ですね」

「ところが、イシカリ川は蝦夷地第一の大河で、その源を中央山脈に発し、多くの支流を合わせ、蜿蜒と流れて、海に入っていました。与右衛門殿はこの川の流れ具合から察すると、その流域はかなり広い平野があるに相違ないとも申されました」

「へえ、そんなことを申しましたか」

「ところが、その地図は与右衛門殿の出鱈目で、本当は人跡未踏、未だ白紙のままに残されていると申されたのです」

「全く、呆れた人です。しかし……」

「私はその白紙の上に正しい地図が描きたいのです。孝兵衛殿、江戸の毎日、手前がどんな日を送っていたか、察して下さい」

「存じております」

新之助は起き上った。

「無為徒食、与右衛門殿の憐れみに縋(すが)り、乞食同然の生活……」

「新地清涼、もうそのような話はお止しなされませ」

「そうだ、この自分の手で、与右衛門殿の出鱈目の地図を、イシカリの正しい流れに書き直してみせる。カムロイ山があるか、ないか……」

「えっ、カムロイ山？」

「与右衛門殿の地図によれば、イシカリ川はカムロイという山から発している」

「そ、そんな兄の出鱈目の地図など、どうでもよろしいじゃございませんか」

「そうだ、イシカリの流域を踏み歩いて、この自分の足で、人跡未踏の大平野があるか、ないか、調べてみよう」

「さようでございますよ。それこそ、先年の印旛沼の御開墾、越前守さまさえ成功しなかったほどの、いえ、それにも遥かに勝る大事業でございましょうよ」

「行こう。孝兵衛殿、砂原を見分した上、イシカリへ渡ろうよ」

「はい、参りましょう。願乗寺お住職のお話によりますと、砂原よりユウフツの浜に船を廻し、それより道を北にとるのが上策だそうでございますよ」

「それじゃ、至って好都合じゃありませんか。じゃ、出かけましょうか」

新之助は勢いよく立ち上って、袴の塵を払った。見ると、草叢の中で、サンキチは立てた膝の上に顎を乗せ、低い鼾を立てて眠っていた。

二十

茫々たる茅原を、孝兵衛達は掻き分けて進んで行った。茅は内地のものより丈高く、時には全身を覆うてしまうようなこともあったし、足を湿地に踏み入れて、ひどく難渋したようなこともあった。函館より五里余りも来たであろうか。茅の間から振り仰ぐと、太陽は中天より稍々西に傾いていた。

この辺から、森林も次第に深くなるようで、トドマツ、エゾマツ、の他に、ゴヨウノマツ、カシ、ナラ、カバ、シナノキ、イタヤ、ハンノキ、オンコ、アスナロ、アカダモ、ドロノキ、等が繁茂しているのが見られた。それらの木木の幹の間に、シラカバの白い幹の交っているのが、異国的な風景にも感じられた。

孝兵衛達が漸く茅原を離れようとした時、右手の森蔭に、裸馬に乗ったアイヌ人が彼等の方をじっと眺めているのに気がついた。サンキチがいきなりアイヌ語で異様な声を上げた。すると、そのアイヌ人は不意に馬を翻して、茅原の中へ駆け入った。が、茅原の上に見えるアイヌ人の上半身には、明らかに和人の目を意識した、いかにも得意げな風があった。アイヌ人は茅の中を迂回するように駆けていたが、突然、手綱を持って、馬の背の上に立ち上った。孝兵衛と新之助は思わず足を止めて、顔を見合せた。アイヌ人は流石に後を振り返るようなことはしなかったが、立ち乗りのまま、聽て森の向こうへ駆け去った。

暫くの沈黙の後、新之助が言った。

「なかなかうまいものじゃありませんか」

「しかし、なかなか愛敬もある人達のようですね。子供がよくやる『これ出来るかい』あのつもりだったんでしょうね」

「いかにも、いかにも」

新之助は青年らしく声を上げて笑った。

孝兵衛達が林を通り抜けた所に、二人のアイヌ人が待っていた。一人は今し方馬に乗っていた若者らしく、格別に毛深いもう一人はその父親であることが直ぐ判った。若者は父親の腕を取り、二人のアイヌ人は腰を屈め、手を差し出して、頻りに誘う風に見えた。

サンキチの通詞するところによると、「是非お立ちより願いたい」と言っている由で、父親の服装から推察しても、最大級の敬意を表しているものであるとのことであった。父のアイヌは薄茶の地色に、鮮かな藍色の模様のある、筒袖の羽織風のものを着ていた。オヒョウの皮で織ったものらしく、麻よりも更に手ごわい感じの布であった。

新之助が言った。

「いかがいたしますかな」

「折角の好意を受けないわけにもまいりますまい」

孝兵衛はサンキチに「好意をお受けするであろう」旨を告げさせ、アイヌの後に従った。二人のアイヌはいつも腰を屈め加減にして、ひどく謙譲な態度だった。

「しかし、どうしてこんなに好意を示すのでしょうね」

「余程の、人懐しがりかも知れませんね」

「成程、新之助さま、イシカリ開拓にはこのこともお忘れになってはならないことのようですね」

「ごもっともです」

アイヌ達は何を思ったか、恭しく一揖した。新之助には言葉が通じないということも、なかなか便利なことでもあると思われた。新之助はいたずらっぽい笑顔を作って言った。

「酒は二升も進ぜますか。一升でもよろしいじゃありませんか」

「でも、三升は致さねばなりますまいて」

やはりアイヌ達は大真面目な顔をして、一揖した。孝兵衛の顔からも、暫く微笑が消えなかった。

背後を木立に囲まれて、アイヌの家はあった。全体が茅で葺かれ、丸木の柱や桁で支えられているようだった。一切、竹が使用されていないところからすれば、蝦夷地には竹類は成育しがたいものか、と孝兵衛は思った。途中、熊笹の群生しているのは度度見たが。破風口の前に、一見して親子らしいアイヌの女が待ち受けていた。娘は同じく母親の腕をしっかりと握っている。丁度、子供等が手を取りたがるように、親愛を表わす、素朴な習慣かと思われた。

同じく茅で作られた窓が開けられているので、家の中はかなり明かるかった。片隅には、囲炉裏が切ってあり、中央に例の鮮明な模様のある筵を敷き、両側が床になっていた。神棚と思われる所や、囲炉裏の中には、巧みに木を細工した削花風のものが立ててあった。内地人の幣に相当するものではないかと思われた。注連にも似た、木を細く削ったものを綯い合せたものも掛けてあった。

孝兵衛と新之助が座に着くと、四人のアイヌ達もその向かいに控え、父親が何ごとかアイヌ語で言うと、四人は同じように右手を差し出して、恭しく一礼した。サンキチが次ぎのように通詞した。

「手前、オシキネと申します。妻、ニシマク、悴、ホニン、娘、イヨケと申します。本日は、貴人方の御光来をいただき、非常なる光栄にござります」

「手前は藤村孝兵衛、こちらは中井新之助と申します。本日は、思いも寄らぬお招きに預り有難うございました」

孝兵衛はそう言って、新之助とともに一礼した。同じくサンキチが通詞した。オシキネ達は右手を前に差し出して、何回となく頭を下げた。

酒三升、塩一袋、縞木綿男物二反、女物二反、紺木綿四反、特にオシキネ夫妻には袋真綿二包み、ホニンには短刀一振、イヨケには裾模様の振袖小袖が贈られた。短刀もホニンを満足させるに十分であったが、振袖の小袖はイヨケばかりでなく、オシキネ夫妻をひどく喜ばせたようであった。

「コソンデ！」

「コソンデ！」

表情の少いアイヌ達としては精一杯の喜びの表現のようであった。オシキネ夫妻は何か口口に喋り合っていたが、むしろひどく緊張した表情で立ち上がった。（後になって、それが重大な決意を促し合っていたのであろうということは、返礼として、孝兵衛と新之助に熊の皮が贈られたことによって推察された）孝兵衛はサンキチの方へ顔を向けて言った。

「今、コソンデといったようだが、アイノ語でもそう申すのか」

「さよう申します。常のものをアミップと申します。『自分達の着物』という意味でございます。木綿のものをチニンニップ、絹物をコソンデと申し、宝物のように珍重ございます」

「そうか。『自分達の着物』か。コソンデはどんなに珍重しても、『自分達の着物』ではないか」

孝兵衛は微笑を浮かべた顔を新之助の方へ向けた。

「つまり商業が発達しないからですね。昆布や、鰊がアイノだけの食物でないように、小袖が日本人だけの着物であるはずがありませんからね」

「それが藤村御兄弟の、終始変らぬ信念とでも申すものでございましょうな」

新之助は微笑した。孝兵衛は年甲斐もなく、むきになった自分が照れ臭く、笑いに紛らわして言った。

「いや、どうも、これは一本取られましたわい」

酒宴は孝兵衛達の希望によって、家外にアヤキナ（文筵）を敷いて行われた。シントコという行器のようなものに酒を入れると、物差しのようなものを持ったオシキネが立ち上って、酒の中を掻き廻し、それを恭しく捧げた。サンキチが言った。

「まず、日の神を祭ります」

オシキネは再び同じ動作を繰り返した。サンキチが言った。

「次ぎに海の神を祭ります」

三度、オシキネは繰り返した。サンキチが三度言った。

「最後に、川の神を祭ります」

漸く、そんな儀式を終ってから、酒盛りは初められた。食器はトウベ（盃）も、イトニプ（銚子）も、サゲ（片口）も、ソロ・ニシユ（平槽）も、タカサラ（天目台）も、イタンキ（椀）も、ペラ（匙）も総て木を刳って作ったもので、例えばペラの柄の先きのようなところにまで、精巧な模様が彫ってあった。

酒宴になってからも、アイヌ達は何か囁き合っては、さも怪訝そうに孝兵衛達の方へ目をやっていたが、恐る恐るサンキチを通じて申し入れた。

「まことに失礼ながら、伺う儀がござりますが……」

サンキチまでひどく憚られることのように一寸、言葉を切ったが、サンキチ自身も好奇心にかられる風に言った。

「いかがして、お武家さまと、町人さまとが、このように仲良く旅をなさっているのでございまするか」

一瞬、孝兵衛の顔には当惑の色が浮かんだが、新之助は若若しい笑声とともに言った。

「そのように仲良く見えるか。二人は兄弟だよ」

が、サンキチは尚も腑に落ちかねる顔付きで言った。

「さようでございますするか」

「手前の妹が、この人の嫁なんだよ」

新之助はそういうと、思わず顔を赤く染めた。が、サンキチは急に満面に喜色を浮かべ、得意気に通詞すると、アイヌ達も頷き合い、手を擦り合って、人間の情愛というものが、階級や、人種を越えて存在することを、喜び合っているかに見えた。改まった様子で、オシキネがサンキチを通じて言った。

「実を申しますと、悴、ホニン、近日嫁を取ることになってございますが、その折用いまする酒が格別上上に出来上りましてございまするで、客人をお招きした次第でございます。まことに失礼ではございますが、一献召し上っていただく儀にはまいりますまいか」

孝兵衛が言った。

「それはめでたい。そのようにめでたい酒、喜こんで頂戴致そう」

サンキチが通詞すると、早速、別のシントコが運ばれ、酒三滴を神神に捧げてから、孝兵衛達のトウベにその酒が注がれた。酒は透明で、口にすると強烈であった。

「これは強い」

思わず、新之助が悲鳴を上げた。孝兵衛は新之助を指さしてから、刀を使う真似をして、

「この方は滅法強いが」

酒を飲む真似をして、

「この方は至って弱い」と、手を振った。サンキチの通詞を待たずに、その意味が判ったのか、オシキネは大きく頷いてみせたりした。

「いや、これはなかなか結構、上上に造れましたわ」

孝兵衛はそう言って、一気に酒を呑み干した。サンキチの通詞を聞くと、オシキネは濃い髭の中で、ゆったりと頬の筋肉を緩め、妻の方を顧た。ニシマクが急いでイトニプを取り上げた。

孝兵衛はトウベを置くと、新之助に言った。

「では、失礼することにしましょうか」

「さよう致しましょう」

が、二人の気配に、アイヌ達は総立ちとなり、何ごとか口口に言いながら、頻りに押し止める様子であった。娘のイヨケまでが両手を下に押しつけるようにして、いかにも、「坐れ」というような恰好を繰り返しているのは、ひどく可憐でもあった。

「御厚志は重重有難いが……」

「この先は峠路にもさしかかることなれば……」

が、二人の言葉がアイヌ達に通じるはずはなかった。（この時、サンキチが振舞酒を取り逃がすことを惜しんで、通詞の労を怠ったとすれば、なかなかの利口者というべきかも知れない）孝兵衛と新之助とは暫く苦笑の顔を見合わせていたが、アイヌ達のいかにも真情の溢れる引き止めに会っては、再び腰を下してしまうより他はなかった。

アイヌ達は奇声を上げて、満足の意を示した。数の子、鮭の卵の塩漬け、鹿の乾肉の焼いたものなども運ばれて来た。酒に関しては、オシキネも、ホニンも、サンキチも、孝兵衛に劣らぬ剛の者のようで、酒宴はいつ果てそうにもなかった。

太陽は既に山の向こうに隠れ、西の空が赤く夕映えている。気温は急に下ったらしく、夕風に葉枝の揺れているニレの梢に、三日月が白く光っていた。

枯木を集め、ニシマクがそれに火を移した。焔は次第に赤く、その色を増して行った。不意に、オシキネが立ち上り、イヨケの唱う、哀調を帯びた歌声に合わせて、踊り出した。かなりの酔いを発した孝兵衛の頭には、前後の切れた一齣（ひとこま）のように、焚火の焔に照らされて踊っているオシキネの姿だけが映っていた。

二十一

部屋の隅に、アツシを織るらしい機が置いてあるのに孝兵衛は気がついた。地機、或はいざり機といわれている類のようで、内地の機のように、腰を掛けて、足で踏むところはない。緯糸を打ち込むと、経糸の通っている筬を一一交叉させるもののようであった。その傍には、これは内地と同様に、アツシ糸を紡錘形に巻いた糸巻が転がっていた。こんな幼稚なもので、あのような精巧なアツシが織れるのかと、孝兵衛はひどく興味を引かれた。

家の外で、アイヌ達の叫び合う声が聞こえていた。先刻出て行った新之助が何かしているらしかった。昨夜、孝兵衛達はショウ（床）の上で寝た。アイヌ達はどこで眠ったのか、今朝、目を覚ました時には、アイヌ達の姿は室内にはなく、片隅にサンキチだけが高い鼾を立てて寝ていたのであった。

外に出ると、清涼な朝の空気の中を、新之助が馬を乗り廻していた。

「ほほう、流石にうまいものですね」

近づいて来た新之助に、孝兵衛が声をかけた。すると新之助は白い歯並の微笑を浮かべて言った。

「和人でも、愛敬のあるところを見せようと思いましてね」

新之助は手綱を取って、馬の背の上に立ち上った。アイヌ人の間に感歎の声が起こった。

「孝兵衛さん、これ出来る？」

新之助は流石に正面を向いたままそう言ったかと思うと、今度は手綱を離し、両腕で組んで、馬を緩く駆けさせた。アイヌ人達は殆ど同時に一層高い歎声を発した。

巳の刻、孝兵衛達は愈愈出発することにした。家の傍に、ムルクタウシカモイと言われている、床の高い、同じく茅葺きの小屋があった。極めて神聖視されていたが、穀物を貯えておく所のようであった。ニシマクとイヨケはその小屋の前まで送って来たが、そこで別れねばならないことになった。イヨケは母の腕を握り、二人は二度、三度と会釈した。孝兵衛達も別れを惜しんで、二度、三度と振り返った。

オシキネとは昨日出会った林のところで、漸く別れることにした。

「いつまで名残りを惜しんでも限りのないこと、ホニン殿ともここでお別れすることにしよう」

と、孝兵衛はサンキチを通じて言わせた。が、オシキネは、

「この峠路は格別難儀でござりますれば、是非ともホニンに案内致させまする」とサンキチに言わせて、聞かなかったのである。

オシキネは手を擦り、足を踏んで、惜別の情を示した。孝兵衛達は心に強いて歩き出したが、格別大男のオシキネが一人、壮大な風景の中に突っ立って、いつまでも動こうとしないのは、ひどく異様な光景に見えた。

路は次第に坂路になり、クマザサや、ヤマブドウや、ツタウルシ等の雑草が路を埋めて密生してい、オシキネの言ったような難路になって行った。特に孝兵衛達を驚かしたのはイタドリの大群生だった。そのイタドリは茎の周り三、四寸、高さ八、九尺に達するものもあった。ホニン、孝兵衛、新之助、サンキチの順に列ならんで、そんなイタドリの叢中を登って行く。ホニンは昨日贈られたエモンジ（短刀）の切れ味を試すかのように、バサリ、バサリ、とイタドリを切り倒したりした。新之助が後から声を掛けた。

「大丈夫ですか。呆れましたね」

「全く、こちらのものは何も彼も大形ですわい」

新之助が振り返って、サンキチに言った。

「これは何という草かね」

「ドテガラと申します」

孝兵衛が前を向いたまま言った。

「やはりイタドリなんだね。奥州ではイタドリのことをドテガラともいうようだから」

漸くイタドリの群生を外れると、路はすっかり山径やまみちになり、両側には、というより、一方は崖の上から、もう一方は崖の下から、木木が枝を交えている木の下径を、孝兵衛達は登って行った。山径はあるかないか、或は横に山腹を伝い、或は谷底に渓流の音の聞こえている絶壁に沿って、上っている。

いつか孝兵衛達は鬱蒼たる密林の中に入っていた。木木の枝は完全に日光を遮り、堆積した、落葉や枯枝が厚い腐蝕土となって、雑草さえも生えることが出来ないようであった。歩く度に、強い湿気が鼻を撲った。白骨のように無気味に白く横たわっているのは、シラカバの枯木であった。突然、鳥がけたたましく鳴き声を残して、飛び去った。その姿は見えなかったが、羽音の強さで、かなり大きな鳥であることが察しられた。また、新之助が後から言った。

「いかにも『千古鉄鉞を知らず』といった感じですね。少年の頃、あの伯父から、鉄鉞というのは、おの、まさかりである、と教えられたことがあるんですが、全くまさかりじゃなくっちゃ駄目って感じですね。鋸なんかおっつきませんよね」

「全く、こんなになると、木だって、それぞれ風格を持っていますからね。あれはブナでしょうか。まるで田舎の豪族のようじゃありませんか」

「ありゃ、大きいですね」

「真夜中にでもなったら、物でも言いそうじゃありませんか」

「ほら、あれも凄いじゃありませんか」

「うん、大きい。しかしね。地図でも判るように、渡島と言えば、ほんの入口なんでしょう。奥地へ入ったら、どんなでしょうね。蝦夷地というのは、こりゃ、大へんなものらしい」

「よし、手前はどうしたってイシカリへまいりますからね」

「まいりましょう」

峠下から、もう一里余りも登ったであろうか。が、樹林の深さは少しも薄くなるようなことはなかった。ホニンを先頭にした孝兵衛達の一行は木木の間を縫って、黙黙と登って行った。

更に半時間ばかりも登り続けたようであった。木の間から、明るい光線が洩れて来、振り仰ぐと、青い空も窺われたので、さしもの密林も漸く浅くなって来たことが判った。坂は急坂になり、孝兵衛達が岩に匐い、木の枝につかまって登ると、径は林の中に入って行く。その辺から、径は再びクマザサ等が生え初め、赤い花をつけた、名も知らぬ草が密生しているところもあった。

再び急坂を登ると、俄かに眺望が開け、漸く峠の頂に達したようであった。

「わあっ、素晴らしい」

新之助が若者らしく歎声を発した。前方に雄大な山が聳え、その山麓には大小三つの沼が見られた。山は信州の浅間山にも似て、山肌はむしろ黒紫色に近く、西端には尖った峰が屹立し、東部には緩い二つの隆起があった。西端の尖峰から山麓へ快い傾斜を描いているので、噴火山であることが直感された。沼は山の南麓にあって、小さな島のようなものが点在していた。

孝兵衛達は草や石の上に腰を下して、休息した。

「これが内浦岳でございますな。あの時の与右衛門殿の地図も、これだけは正しかったわけですね」

「そうですよ。あの地図の原図は国のお殿さまのところにあるのですが、その元は伊能忠敬先生のを写したもののようで、非常に正確なはずなんですよ。普通は駒ヶ岳と呼んでいるらしいが、なかなか面白い形じゃありませんか」

「雲でしょうか、煙ではないようですが。いや、雄大な景色ですね」

山頂には、霧のような薄雲が緩く流れていた。が、今日は風もなく、雲の他には動くものはなかった。ホニンも、サンキチも草叢の中に片肱(かたひじ)をついて、無口に横になっている。時時、土を蹴る馬の蹄(ひづめ)の音の他には耳に聞こえるものもなかった。

「蟬でしょうか」

新之助がそう言ったので、耳を澄ますと、蟬のような鳴き声が聞こえて来た。

「山蟬であろうか」

蝦夷地に蟬がいるものか、いないものか。が、その声は、いかにも小さい生命の存在を主張するかのように、精一杯に張り上げて、却って哀切極まる感じだった。

不意に、孝兵衛が顔を上げて、言った。

「ホニンどの、御苦労だったな。ここまで送ってもらえば、最早大丈夫、ここでお別れすることにしよう」

サンキチが通詞すると、孝兵衛はホニンに銀若干を与えた。この白い光を放つ、「何でも好きな物を手に入れることの出来る」鉱物は、近く結婚するという青年を喜ばせるに十分であった。ホニンは昂奮のためか、少しく顔を赤くして、何度も頭を下げていたが、不意に、身を翻して、一散に坂路を駆け下りた。新之助は暫く、右手を固く握って、駆け下りて行くホニンの姿を見送っていたが、孝兵衛の方へ振り向いて、声を上げて笑い出した。

「出会った時も無言だったが、別れも、やはりだんまりか」

「余程の恥しがり屋と見えるな。二度と会うこともなかろうに。では、まいりましょうか」

「まいりましょう」

孝兵衛と新之助は軽快な足取りで、小石交りの坂路を下って行った。その後から、サンキチが馬の手綱を引いて行く。

二十二

新之助は蒼白な顔を上げて言った。

「強い。全くお強いですね」

「いや、それというのも、皆、これのお蔭ですよ」

孝兵衛はそう言って、手に持っていた茶碗を差し上げてみせた。その途端に、大きなうねりに乗った船は大きく上下動して、危く茶碗の中の酒を零そうとしたので、孝兵衛はあわてて茶碗に口をつけた。

「どうです。藤吉の腕は確かなものでございましょうが。うまく波に乗っておりますわ」

「そういうものでしょうかな」

孝兵衛達の乗った竹生丸は陰暦五月六日卯の中刻（午前七時頃）、帆を上げて、砂原の浜を発した。風は弱かったが順風で、殆ど波はなく、甲板からは爽快な風景が見られた。南方には、駒ヶ岳の裾野が綺麗な傾斜を引いていたし、北方には、白雪を頂いた蝦夷富士を主峰とする後志（シリベシ）の山山が連っていた。

一時間ばかりも航海したであろうか。風はぴたりと止み、帆は萎え凋（しぼ）んだように垂れてしまった。

「おかしいじゃねえか」

「何だか、変になって来やがったぜ」

行き交う水夫達がそんなことを言い合っていたが、果して、暫くすると、風は南東の逆風に変り、海上にも白浪が立ち騒ぎ出した。藤吉は取り敢ず片帆を取楫に廻し、沖へ出ることを命じた。

竹生丸は南の風を片帆に孕んで、辛うじて胆振（イブリ）の半島を過ぎ、沖へ乗り出すことに成功したが、風は益々激しく吹き募り、波は荒れ、空もすっかり曇って、不意に、驟雨（しゅうう）を降らした。

「蝦夷の地には梅雨はありませんが、内地は今、梅雨の最中でしょうね」

甲板を跳（おど）り越えた波が、海口を覆うていた合羽の隙間から、滝のように流れ入った。物の落ちる激しい音。海水をスッポンで汲み上げているらしい水夫達の立ち騒ぐ声。

「梅雨は竹が美しい季節でしてね。雨が降っていても、どんより曇った空の下でも、竹だけは、実に新鮮なんですよ。故郷を立つ時は、まだ筍は出てませんでしたが、毎年、随分沢山出るんですよ。今年竹ともいいますが、実際、若竹の幹の色は何とも言われませんからね」

最早、船が進行しているのかどうか、彼等には判らなかった。船体は無気味に軋む音を立てて、ググッと頭を持ち上げ、波の荒れ狂う音が下の方に聞こえたかと思うと、忽ちスーッと頭を振り下げて行き、波の音は上の方に聞こえた。少し滑稽なほど鈍い音を立てて、徳利が倒れた。孝兵衛はそれを引き起こすと、片手で押えた。不意に、新之助が起き上って、身を悶えた。孝兵衛は転ばぬように、新之助の方へ匍い寄った。

「そう、吐いてしまった方が、いっそ楽ですよ」

新之助は小盥の中に吐いた。その背を撫でながら、孝兵衛はひどく優しい調子で言った。

「新之助さん、あんたは女を知っていなさるか」

その時、徳利が倒れ、ごろごろと転り出した。孝兵衛は急いで拾い上げると、膝の間に置いた。

「全く、こ奴と来たら、転るように出来ておりますて」

再び、孝兵衛は新之助の背を撫でた。

「すみませんね」

「なんの、お互さまですよ。私はね、新之助さん、家内の他には、女を知らなかったんですよ」

「そうだそうですね」

「兄貴が、またそんなことを言ったんですか」

「妹からも、聞きました」

「えっ、あの人が、そんなことを言いましたか」

今まで、孝兵衛は新之助の前ではりゅうのことは一言も口にしなかった。純真な青年の心を傷つけてはならないと思ったからである。が、こうして新之助の背を撫でていると、その手にひどく親身なものが伝わり、自分の気持を話しておく、よい機会のようにも思われたのだ。しかし、この兄妹は孝兵衛のことを既に話し合っていたようであった。

「有難う。よほど楽になりましたよ」

「いや、もう少し。それでね、人からは変人のように言われていたし、また事実、私もあまり興味を持ってなかったんです」

「妹もそう言ってましたよ。初めの中は、それがひどく癪にさわったんだって。あいつも変り者ですからね」

「そんなこと言ってましたか。私も面白い性格の人だとは思っていましたが」

「有難う。もう本当にいいんです」

「じゃ、一寸、横になりますか」

船の動揺は勝るとも、劣らず、ごろごろと転ばないため、新之助は脚を曲げて横になった。

孝兵衛は僴って、先刻から転がり続けている枕と、茶碗を取って来て、枕を新之助の頭に当てがった。再び孝兵衛はその枕許に坐って、茶碗に酒を注いだ。

「少し申し憎い話だが……」

孝兵衛は茶碗の酒を飲んでから言った。

「私も至って恥しがりなんですが、りゅうはそれに輪をかけた恥しがり屋なんですよ」

りゅうの名を口にしたことが、突然、孝兵衛にりゅうの体を実感させた。こんなに荒れ狂う北海の嵐の中で、りゅうの見事な裸身を思い浮かべている自分が、奇怪なようでもあり、何か哀れなようでもあった。

「そんな二人が、何故こんなことになってしまったか。りゅうにも、私の妻にも、すまぬことだとは思っていながら、どうにもならない。ほんとに男女の仲というものは判らないものだと、私にも初めて判ったんですよ」

「ところが、不思議なことにね、妹からあなたのことを聞いた時、妹もそれほど悪いばかりの女でもないように、私は初めて思い直したんですがね」

「しかし、口では恥しがりなんて言いながら、何故あんなことをしなければならないか。人間って、馬鹿なもんです。でも、その馬鹿らしさが、いじらしくも思われましてね、少し厭味な言葉かも知れないが、宿縁に結ばれて、同行二人、とでもいった感じなんです。と、いって、私は妻を疎ましく思っているわけではありませんが、りゅうとの場合、夫婦のような普通の結ばれ方でないということが、却ってその感じを深くするのかも知れないんですがね」

「難しいことなんですね。私等にはよく判らないが」

「兄などからは、不粋者の骨頂のように笑われていますが」

「そうでしょう。あの方のは同行が四人も、五人もあるのでしょうからね」

「兄は天真爛漫なんです。羨ましいくらいです」

「そうでしょうか。でも、私はやはり真面目に考えたいんです。実は、私も、一度、悪友に誘われて、遊んだことがあるんですよ」

「そうですか。初めて承りましたね」

「その時の相手というのがひどい女でしてね。それ以来、私は女というものに懲りてしまったんでしょうね」

「ところが、人間というものが、そう簡単にいけばいいのですが、懲りても、懲りても、こればかりはどうしようもないんですよ」

「少し、耳が痛いかな。そう言えば、あなたのお話を聞いていたら、笑っちゃいけませんよ、そんなに打ち込めるものなら、私もその同行者とやらを、持ってみたくもなりましたよ」

「こりゃ、素晴らしいことになりましたね」

「しかし、大嵐の最中に、飛んだ話になってしまったものですね」

「いや、船酔いには、色話が何よりと申しますからね」

「いや、どうも、これは」

新之助は初心らしく顔を染めた。その時、海口から流れ落ちる海水の音がして、船は左右に激しく揺れた。今まで、ギー、ギイーッというふうに決まった周期をおいて聞こえていた船体の軋む音が、急に周期の破れた音を立て、不気味な衝撃を感じさせた。

新之助が言った。

「これは、凄いですね」

物の落ちる音や、水夫達の甲高い声も聞こえて来た。

「かなりひどいですね」

「これでは、今日中には、着けそうもありませんね」

「そりゃ、無理でしょうね。こんな時に、岸に近づけば、忽ち磯波にやられてしまいましょうからね」

「じゃ、この船は、一体どこへ行こうとしているんです」

「勿論、当てなどありませんでしょう。唯、船を毀(こわ)さないように、うまく波に乗っているだけでしょうね」

「すると、つまり漂流しているようなものですね」

「少し違うのじゃないでしょうか。この船はしっかりした意志を持っています」

「こんな嵐の中で、こんな小さい船が意志など持つことが出来るでしょうか」

「意志というのは、少しおかしいかも知れないが、こんな無常の世の中に生きている人間さえ、やはり意志を持っているとは言えないでしょうか」

「そうか。解りました。あなたの強さは、つまりそこから来ているのですね」

「いや、強さじゃない。弱さが居直っているようなものですよ」

「だから、余計強いのです」

「しかし、もうこんな話は止しましょう。それより、海に出れば、万事藤吉任せ、酒でも飲みながら、また色話でも致しましょうよ」

「そうおっしゃると、いかにも粋なようにも聞こえますな」

「そうお見下げになるものでもありませんよ」

「でも、孝兵衛さん、宿縁に結ばれて同行二人、なんて、あまり粋筋のお話のようにも伺われませんがね」

「いや、これは、どうも」

僅かに水色を残した灰色の空には、黒雲が雲脚速く走っていた。既に海上には夕色が濃かったが、風は少しも衰える気配もなく吹き荒れ、蒼黒い波は、所所に白波を立てて崩れ落ちている。その波の上を、竹生丸は絶えず水押を振り立てながら、波頭に上り、波底に沈んで、乗り越えて行く。

その竹生丸の甲板の矢倉には、藤吉が突っ立っていた。年齢はもう五十に近いであろう。目は鋭く光り、無口な頑固者らしく、口は固く結ばれていた。顔はびっしょりと水に濡れていたが、孝兵衛が言ったように、その表情にはいかにも堅固な意志があった。

二十三

夜が明けると、竹生丸は濃霧の中にあった。或は、濃い霧の中で、竹生丸は朝を迎えた。寒冷な、白い霧で、一尺先も見分けることは出来なかったが、太陽が上るにつれ、日光はどのように屈折して入って来るのか、霧の深さと、その色を教えた。風はすっかり静まったようであったが、海には大きなうねりが残っていた。

「早、御起床でしたか」

孝兵衛は床の上に起き上り、手鏡で髪を撫で上げている新之助を見ながら、そう言った。新之助は含み笑いの顔を鏡に写したまま言った。

「よくお休みになられたようですね。凄い霧ですよ」

「ほう、霧ですか。寒いですね」

「海上、一面の霧で、何も見えませんが、全然湿気が感じられないのですね。ひやっとしていて、とっても肌に冷いんですよ」

数刻の後、孝兵衛と新之助は上甲板の真向に腰を下していた。濛濛(もうもう)と霧は立ち籠めていて、向き合った二人の顔にさえ霧がもつれ、時には黒い影法師のようになってしまうこともあった。

竹生丸はどちらの方向を取っているのか、孝兵衛達には全然判らなかったが、かなり速度を落して進んでいるようだった。時時、風が霧を吹き分けるので、僅かにぼんやりと帆の形が見えた。

「何でしょう」

突然、新之助がそう言った。確かに、遠く、鈍い音が切れ切れに響いて来た。孝兵衛も怪訝そうに聞き入っているようであったが、答えはなかった。が、軈て、その音も止み、濃い霧の中を進んで行く竹生丸の、水押の水を切る音ばかりが聞こえていた。

「また、聞こえて来ましたね」

今度は孝兵衛が言った。まるで霧の中の住人が発する歓声のように、その音は切れ切れに聞こえていたが、軈て、濃霧の中に長い尾を曳くように消えてしまった。二人は不思議そうに顔を見合わせていた。そのまままた暫く時間が経って行った。

「あっ、青空だ」

新之助が叫んだ。その声に、孝兵衛が振り仰ぐと、霧の切れ間から、意外にも青い空が覗かれた。青空は立ち昇る霧のために忽ち掻き消されてしまったが、そう言えば、甲板の上に動く人影もぼんやり見えるようになり、霧が幾らか薄れたことが判った。

孝兵衛と新之助は胸の脹らむような期待を抱いて、濃霧の霽(は)れて行く、この壮大な風景に目を見張っていた。その目に、薄衣を纏ったような空の青さが染み入ったし、波間に輝く日光が霧の中で五彩の光に反射するのが見えたりした。

が、その時、三度、あの異様な音が響いて来た。最早、濃霧の中の溜め息のような響きではなく、その音はひどく現実的な感じを持っていた。そこへ、藤吉が緩り(ゆっくり)した歩度で歩いて来た。

藤吉はいつものように極めて不機嫌な顔をして言った。

「異国船だがね」

「ほほう、異国船か」

「ジョウキちゅうもので走る、鉄の船だ。奴の鳴らす笛なんだよ」

「流石に、遠方まで来た甲斐あって、珍しいものにお目にかかれるというもんだ」

「どうするかね」

「と言って、まさか逃げ隠れも出来まいて。ねえ、新之助さん」

「その通り」

新之助は青年らしく肩を張った。

「後難は知らねえぞ」

「勿論、迷惑はかけぬ。手前が全部責任を持つ」

「それも、面白かろう」

藤吉はいかにも大胆な微笑を浮かべて、頷いた。

「ほら、あれだ」

霧の切れ間から、藤吉の指さす方を見ると、確かに異様な大船が白波を蹴立てて、こちらの方へ進んで来るところだった。思わず、上体を乗り出して、既に薄霧に包まれようとしている黒船の姿に見入っていた新之助に、孝兵衛が言った。

「新之助殿、せめて髭でも当って来ましょうか。どんな工合になるかも知れませんからね」

「やはり、伯父がそうでした。伯父も身嗜みのやかましい人でしたよ」

孝兵衛の後から、新之助も海口を降りて行った。

新之助は袴を履き、肩衣を掛け、大小の二刀を佩した。白皙の額に、眉は秀で、いかにも凛然として見えた。孝兵衛は黒羽二重の着物に、紋付きの単羽織を着た。兄、与右衛門は文政十二年に、孝兵衛は天保十三年にそれぞれ苗字帯刀を許されたが、孝兵衛は殊更刀は帯びなかった。

不思議なほど、霧はすっかり霽れ上っていた。その海上には、四十間ばかりもあろうかと思われる、全体まっ黒い大船が横たわっていた。竹生丸は帆を下し、既に停船しているらしく、甲板の上では水夫達が立ち騒いでいる。

「うるせえ。手前達は引っこんどれ」

藤吉は水夫達を呶鳴りつけると、手を後に組んで、歩き出した。孝兵衛は取楫（左舷）の方へ進んで行った。新之助はその後に従った。

船には二本の帆柱が高く聳えていた。帆柱には何本も綱が渡され、前方の綱は、嘴のように突き出た水押の先きに結ばれていた。煙突はまん中に二本、薄い煙を吐いている。船の横腹には、大きな車がついている。帆柱の先には、空色の旗が翻り、甲板の上では、人の動いている姿もはっきり見えた。

新之助は昨日以来の出来事が、というより、江戸を発って以来の日日が、夢のようにも思われた。が、現に、この城のような異国船を前にして、このように立っているのである。次ぎの瞬間、何が起こるか。流石に、若い武士の血の勇躍するのを覚えた。

しかし、それにしても、この一見弱弱しい孝兵衛が一体何を考えているのか、新之助は不思議だった。今も、孝兵衛は少しも気構えた風はなく、その柔和な横顔には、微笑を含んでいるかのようでもあった。孝兵衛が新之助の方へ振り返って言った。

「ね、水車は水の力で動きましょう。丁度、その逆、あの車の廻る力で、海水を押して、船が進むのでしょうね」

「成程ね。しかし、その車をどうして廻すのでしょうね」

「それが、ジョウキの力なんでしょうが、しかし、あのような大船を動かすなんて、強い力のものなんでしょうね。まさか、蒸気のジョウキではあるまい」

「あっ、舟を下すらしいですよ」

甲板から、小さな舟が吊り下げられ、舟が海上に浮かぶと、忽ち梯子が渡され、頭に変なものを冠り、櫂のようなものを担いだ男達が乗り込んで来た。

「こちらへ、やって来るつもりでしょうか」

新之助はいよいよ面白くなって来たと言わんばかりである。

「そうでしょう」

男達は一斉に背中を海老のように曲げたかと思うと、仰向けざまになって、舟を漕ぎ出した。両舷に突き出た櫂はよく揃い、舟は走るように早かった。丁度、アイヌの車返しの漕法の理に似ていたが、彼等は櫂を横にして水を掻くのであった。

小舟は竹生丸の近くまで進んで来た。変な冠りものの下には、彼等の頭髪の赤い色も見分けられ、一人だけこちらを向いている男の顔も、異様なほど赤かった。

彼等は小舟を竹生丸の取楫の下に停め、甲板の上を振り仰いで、手を振った。孝兵衛と新之助も同じく手を振って、それに応えた。一人の男が立ち上り、両手を口に当てて、何事か叫んだ。勿論、その意味を解することは出来なかったので、孝兵衛は分らないということを示すために手を振った。若い新之助はひどくいたずらっぽい気持になっていた。激しい好奇心の故もあったが、新之助は、アイヌの時と同じく、言葉が通じないのも、なかなか便利なものであるということを思い出したからである。

「馬鹿野郎とでも言ってやりましょうか」

「どうぞ、その辺は御随意に」

新之助は両手を口に当てがって言った。

「おてんてんのとんちき野郎」

どっと、笑声が水夫達の間に起こった。が、その紅毛人は孝兵衛と同じ意味を示すらしく、手を横に振った。先刻から、藤吉は手を後に組んだまま、甲板の上を行ったり、来たりしている。前方の異国船の甲板の上にも、大勢の人がこちらの方を眺めているのも見えている。

すると、今度はその男が孝兵衛の方を指さしてから、頻りに小舟の中をさし示した。そうして同じ動作を繰り返した。

「乗れというのでしょうか」

「そうでしょう」

「どうなさいます」

「折角の好意、受けないわけにもまいりますまい」

「孝兵衛さん、その意気で行きましょうや」

新之助は意気軒昂（いきけんこう）として言った。が、孝兵衛はきまり悪げな苦笑を浮かべながら、自分の顔を指さしてから、小舟の方をさし示した。紅毛人はいかにも満足した風に片手を高く振り上げると、大声に叫んだ。すると、漕ぎ手は軽く櫂を動かし、小舟は竹生丸の舷側に寄って来た。

二十四

がばと、とよは跳ね起き、あわてて裾を合わせた。が、別に異状はなく、何の音も聞こえては来なかった。行灯の鈍い火影が天井に円く映ってい、両側の床で、孝一郎と琴が安らかに寝息を立てている。確かに、とよは襖の開く音を聞いたのである。或は、あの夜以来、病的に鋭くなっているとよの神経の錯覚であったのであろうか。

とよはその全神経を耳に集めているかのように、じっと床の上に坐っていた。その顔は蒼く、とよは頬に垂れている乱れ毛も掻き上げようともしない。

が、不意に、とよは思い切った風に立ち上り、手燭（てしょく）に灯を移すと、足音を忍ばせて行って、襖をあけた。途端に、とよの持っている手燭が音を立てて激しく慄えた。

「誰や」

とよの声は喉にひっついたようにしゃがれていた。

「誰や、そこにいるの」

とよは心を取り直し、手燭を差し出すと、その火先に一人の男がうつ伏していた。

「えっ、五郎七やないか。ほんなとこで、なんしてんや」

五郎七と言われた男は無言のまま、続けて頭を下げた。

「ああ、びっくりするやないか。なんしてんや」

が、五郎七は深く頭を垂れて、物を言わない。よく見ると、その体は小刻みに慄えている。

「おかしな人やな。なんしてるんや、いうたら」

下男の五郎七は平素から至って無口ではあったが、ひどく実直な男であった。孝兵衛ととよが世帯を持った最初から下男として働いているのであるから、十年以上になる。その間、五郎七に曲ったことは一度もなく、孝兵衛の信用も篤かったのである。

「こない真夜中に、おかしいやないか。なあ、五郎七」

が、そう言えば、この頃の五郎七の素振りには不審なところのあることに、とよは漸く気がついた。五郎七は妙にとよを避けているようであったが、そうかと思うと、思いがけぬところで、とよは五郎七の姿を見かけたりしたのである。

「五郎七、何とかいい。ほれとも、口にいえんことやとでも、いうんか」

「その通りでございますのや」

五郎七は、とよの前に頭を垂れた。

「何やて。もう一ぺんいうてみ。ほの口が曲らなんだら、どうかしてる」

「お家はん、口が曲るかも知れんけんど、わしは、十年の間、思い続けていましたんや」

「何やて、ほんな穢らわしいこと、聞く耳、うちは持たん、向こ行って、行って」

「わしがどない阿呆やかて、わしみたい男衆が、こない分限者のお家はんに懸想したかて、どないにもならんくらいは、知ってますが。こうして、働かしてもろてるだけで、わしは幸せや思とりましたんや」

「ほんなら、ほれでよい。早う向こ行ったらどうや」

「ほのわしを、誰方さんが、こないにしとくれたんや」

「えっ」

一瞬、恐怖がとよの頭を掠めた。五郎七の素振りが急に変ったのも、あの夜以来のことではなかったかと、とよが気づいたからである。とよは体が慄えるのをどうすることも出来なかった。

「今まで、わしは、お家はんに、使うてもろてるだけで、堪能しとりましたんや。わしには、お家はんは、菩薩さんみたいなもんやったんや。ほれが、ほれが……」

「ほれが、ほれが……」

とよは突然力が体から抜けて行ったように、その場に坐り込んでしまった。五郎七はそのとよをむしろ憎憎しげに見据えていた。とよの膝許の手燭の灯が、急に変貌した二人の姿をぼんやりと照している。最早、とよの顔には血の気はなかった。

昨日の夕方、とよは背戸口から出て行った。便所の横の軒下に、とよはいつも自分の下着類を干すことに決めておいた。が、とよが今朝ほど確かに干しておいた腰巻が見えないのであった。

「あの、これ、入れといておくれたんか」

とよはそこへ通りかかった女中のかねに、何気なく聞いた。が、かねはけろりとした顔をして言った。

「いんえ、ねっから存じまへんが」

竹竿の濃い影ばかりを映している白壁の前に、とよは呆然と立っていた。不意に、あの夜の、恐しい傷痕に、更に穢らわしい手で触れられたように思われ、ひどく不吉なものがとよの心に残ったのであった。

「ほれが、この目で、この目で、見てしもたんや」

「えっ、見たっ、何を見たんや」

「白ばくれてもあかん。お家はん、女ちゅうもんは、こない厭らしいもんかということを見てしもたんや」

「えっ、見たんか、ほんまに、見たんか」

いきなり、とよは両手で膝の上に突いている五郎七の腕を摑み、激しくその腕を揺すぶった。同時に、とよは見上げている顔を振り立てたので、涙が飛び散るのもはっきり見えた。

「お家はん、ほないに命て惜しいもんかいな」

「ほんなもん、ほんなもん、うちの、命なんか、惜しいもんかいな。子供の命を助けたいばっかりに……」

「お家はんは、この手行灯持って、先きに立って、賊はほの後から……」

「ほやかて、子供等、目覚ましていやはるやないか」

「ほすと、お家はんは、このお家はんが、自分から……」

「五郎七、堪忍して、もう堪忍して。うちら、もう気がひっくり返ってて、何が何やら、判らへなんだんやもん」

「あんなん、手ごめやない」

「ほんな、ひどいこと、ひどいこと……」

再び、とよは狂わしく五郎七の腕を揺すぶった。すると、五郎七はまた急に首を垂れ、弱弱しい声になった。

「もうほれからというもんは、悔しいことに、前のような目で、お家はんを見ることは出来んようになってしもうた。払うても、払うても……」

「五郎七……」

「むらむら、むらむら湧いて来て、昔のような五郎七になろうと思うても……」

「五郎七、もう、ほんな……」

「ほして、ほして、とうとうこんな恰好を、見られてしまいましたんや。阿呆と笑うてやっとくれ」

「ほうか。けんど、このとよは、どうしてお前はんを笑うことが出来ましょいな。五郎七、堪忍しとくれや」

とよも五郎七の前に深く首を垂れてしまった。そうして、そのままの姿勢で、無言の時間が経って行った。

とよの前には、両手を膝に突き、悄然(しょうぜん)と坐っている五郎七の姿があった。畏った膝の着物がはだけ、僅かに膝小僧が覗いている。自分で自分を持てあましているような五郎七を見ていると、とよは彼を憎むことは出来なかった。むしろ責められなければならないとすれば、とよ自身のようであった。あの夜、とよは盗賊のために手ごめにされたが、すっかり動転していて、あの夜のことはいかに言われても、羞恥さえも感じようがない。が、この五郎七がとよの腰巻を盗み取ったことは確かであろう。とよはそんな五郎七が、というより彼の中に棲んでいる男というものが判らなくなって来た。が、現に、その男の前にとよはいた。不意に、とよは恐怖を感じた。が、咄嗟に、動いてはならないと、とよに教えるものがあった。少しでもこの均衡を破ってはならない。

五郎七の前には、両手を膝に置き、愁然と坐っているとよの姿があった。小柄な体を寝巻に包んで、僅かに腰に結んだ紐の色が艶かしい。五郎七は彼女を責めることは出来なかった。自分の召使の前でさえ、こんなしおらしい姿を曝しているとよを見ていると、五郎七は彼女を責めることは出来なかった。むしろ自分の浅ましい恰好が、道化じみてさえ見えた。昨日、白壁にその色を映していたとよの腰巻を、五郎七はついふらふらと手にしてしまったが、幸いにも誰にも気づかれなかったようであった。が、あの夜、極度の恐怖のため、却って弛緩していたようなとよの顔を五郎七は笑いをさえ含んでいたと見たのである。その上、最早、逃れることの出来ない運命に向かって、とよは夢遊病者のように自ら進んで、その身を投げ入れたのであった。五郎七はそんなとよが、というより彼女の中に棲んでいる女というものが判らなくなって来た。が、現に、その女の前に五郎七はいた。不意に、五郎七は狂暴な感情が湧いた。瞬間、崩壊する傾斜の中で、笑っているようなとよの顔が、彼の眼に映った。とよの喘ぐような声が聞こえた。

「やっぱり、堪忍して、くれやはら、へんのか」

が、次ぎの瞬間、五郎七は畳の上に四つ匐いになっていた。彼はその手を折って、畳にうつ伏すと、そのまま動かなくなってしまった。それからどれだけの時間が経ったか。五郎七は忍び足で近寄って来る足音を聞いた。

「五郎七、二人さえ黙ってたら、あの晩のことも、今晩のことも、誰にも判らへん。うちやかて言わへんで、お前はんも言わんといてな」

絶望の中にいた五郎七の耳に、その声は悪魔の囁きのような甘美さを持っていた。思わず、五郎七は不潔な声を発した。

「若しも、お家はんのおそばに、いつまでも、おいといておくれるのやったら」

二十五

旧暦九月二日、竹生丸は蝦夷渡海を終り、四日市港に帰港した。竹生丸を下船し、翌朝、帰途についた孝兵衛は関ヶ原に一泊、その翌日、今須、柏原、醒ヶ井(さめがい)を経て、中仙道を上って行った。鳥居本の宿も過ぎ、佐和山の山麓にさしかかると、右手の小高い山の上に彦根城の天守閣が見え初め、轆て、藤村家の墓地のある竜潭寺への道も左折していた。が、孝兵衛は流石に先を急ぐかのように、中仙道をひたすら南に向かって歩いて行った。

空はどんよりと曇り、江勢(こうせい)国ざかいの山脈は雲に隠れて見えなかった。が、一望、黄色く熟した稲田の向こうには、和田山や、繖山の山山が、大和絵風な、滑らかな起伏を作っている。その山腹には靄が静かに棚引いていて、いかにも穏かな風景である。川岸の草叢の中には、米粒を集めたような、薄桃色の花が咲いていた。その岸辺を浸して流れている小川の水の上に、不意にいなごが飛び落ちて、泳ぎ去った。

三度笠を冠り、縦縞の引廻し合羽を翻しながら、孝兵衛は旅慣れた足つきで歩いて行った。高宮、尼子を過ぎると、中仙道の松並木道は、軈て愛知川の宿に入って行く。愛知川は街道に沿った宿場で、蚊帳を主として、麻織物を産した。自らも裏手に小工場を持った問屋が軒の低い店を並べ、その間に薬屋や、農具などを売る雑貨屋や、酒屋等が交っている。

その一軒の麻布問屋、卯吉郎店へ、孝兵衛は笠を取りながら入って行った。帳場に坐っていた卯吉郎が顔を上げるなり、いかにもびっくりした声で言った。

「ありゃ、孝兵衛さん、これは、これは、今、お着きでございますかいな。この度は……おいと、おいと……」

この地方の気候は北陸道に似ていて、夏季は温度が高いが、冬季は寒気が厳しく、往往にして大雪が積った。この寒冷な気温が蚊帳糸に適するといわれ、寒風に曝された蚊帳糸は春になると、蚊帳地に織り初められ、雪の来ぬうちに、京、大阪や江戸の問屋に送られるのであった。

卯吉郎の呼ぶ声に、今まで裏の方で響いていた梭の音が止み、妻女のいとが現れた。

「まあ、まあ、旦那さん、ようお帰りやしとくれやす。この度は蝦夷とやらで、えろう御苦労さんどしたんやてなあし。どないお家はんがお待ちかねのことどっしゃろ」

いとはそう言いながら、卯吉郎の顔を見た。卯吉郎はいとを目で制した。が、孝兵衛は絶えず溢れ出るような微笑を浮かべ、合羽を脱いで、框に腰を下した。孝兵衛はふと気づいた風に言った。

「時に、五郎七はまだ来ておりませんのかいな」

「五郎七？」

孝兵衛の帰国の際には五郎七が卯吉郎の店まで出迎えるのが恒例であった。が、その五郎七は、一昨日、暇を出され、帰家の途中、卯吉郎の所に立ち寄っているのである。卯吉郎夫婦の顔には明らかに狼狽の表情が浮かび、急に饒舌に喋り出した。

「ほんに、ほういや、五郎七どん、どないしやはったんやろ。勿論、お知らせは行ってますんやろになあ」

「ほんに、どないしやはったんやろ。いつも早いもんからきやはりましてなあし。『旦那さんのことや、一刻やかて、早うも、遅うも、お着きやあらへん』言うたかて、そわそわしてやはりましたもんやのになあし。あない旦那さん思いが、どうしやはったんやろ。お腹でも痛うしやはったんやおまへんやろか」

「ほうよいな。けんど、まあほれより、早う熱いお茶でも煎れて来んかいな。こん度は、蝦夷とやら、永いことえらいことでございましたなし」

「いや、それほどのことでもありませんがな」

「何やら、アイノとかいうのがいるそうやおへんかいな」

「アイヌというのは大人しゅうございましてな。私達も一晩泊めてもらいましたが、至って人懐っこい人達なんですよ」

「へえ、泊めて？　ようほれでなんともおせなんだなし。わし等江戸までやかて大へんやのに、ほんな遠いとこへよう行っておくれたもんや。お留守居のお方かて、永いこと、御心配なことやったやろ」

「ほうよいな、お家のお方かて、こない永いこと、どうなろいな。ほんでも、長旅のお疲れものうて」

そう言いながら、いとは茶器を運んで来て、茶を注いだ。

「ほうや、ちょいと色がお黒うなっておくれたかいな。けんど、却ってお丈夫そうで、嬉しいことでございますわいなし」

孝兵衛は茶を一口啜って言った。

「そうそう、忠治郎も至って元気にしてますから、御安心なすって下さいよ」

「ほんに、忠治郎がもうえらいお世話さんでございまして」

忠治郎は卯吉郎の長男で、江戸の藤村の店へ丁稚奉公に出ているのであった。この地方の子弟達は丁稚奉公に出ることを理想にしていた。母親達は

「ほない無理いうのやったら、丁稚さんにやらんほん」と、子供達を叱る特異な風さえあった。

今まで孝兵衛に対して何か憚るところがある風であった卯吉郎夫婦の態度が、わが子のことと聞き、急に一変した。そうして、そのことが孝兵衛に今までの彼等への不審を忘れさせた。

「この頃、急に大きくなりましてな、よく働いてくれますわい」

「からだばっかり大きゅうしてもろても、お間に合わんことやろと、ほればっかり案じとりますのやがな」

「どうして、なかなかよくやってるようですよ」

「ほうどすやろか。ほうやったら、嬉しいことなあし」

孝兵衛は腰を上げながら、言った。

「五郎七は参らぬようですわい。いや、飛んだお邪魔を致しました」

「ほんでも、五郎七どん、どないしやはったんやろ」

「ぼつぼつ参ってみましょう。途中で、出会うかも知れませんから」

「ほうどすかいなあし。無理にお留めしたかて、うちらなんやし……」

「ほれに、お家はんや、お子供衆がお待ちかねのことやろで。御出発は確か三月でございましたんやもんな。丸半年振りやおへんかいな。どないに待っておいでやすことやろいな」

「ほんなら、あんた、ほこまででもお送りしやしたら」

「いやいや、ここまで来れば、もう目をふたいでいても帰れますわいな」

孝兵衛は合羽を羽織った肩に、荷物を振り分けながら、いかにもほっとしたように微笑した。が、その笑顔は、この長旅の辛苦がいかに激しかったかを語るかのように却ってひどく淋しげに見えた。

「えろう、お愛想なしどして。お天気は保ちますやろかな」

「大丈夫でございましょうよ。では、失礼致しますよ」

「ほんなら、お静かさんになあし」

孝兵衛は笠を手に持ったまま、卯吉郎夫婦に一揖すると、歩き出した。夫婦はその後姿を見送っていたが、軈て孝兵衛の姿が松並木の蔭に見えなくなると、どちらからともなく向かい合っていた。

「何にも知りなはらんらしいな」

「ほうよいな。お気の毒さんになあ」

「長い旅から帰って来てみると、自分の女房が穢されてたって、たまらんな」

「なんぼ儲かるか知らんけど、ちょいと長過ぎるわいな。あれではお家はんかて、無理もないもんな」

話しながら、家の中に入ろうとするいとの耳に、卯吉郎が囁いた。

「なあ、おいと、孝兵衛さん、今晩しなはるやろか」

「阿呆なこと言わんとき、厭らしやの、この人ったら」

どんよりと垂れ籠めた雨雲の下に、墨絵のような愛知川の風景が展けていた。川には水はなく、砂の上には、大小無数の石が転がっていた。いかにも水に流されて来た石がそれぞれ止まったままの姿勢を保っているかのようにも思われた。堤には尾花が白く長け、長い木の橋が架かっている。その橋を渡ると、井伊領を離れ、郡山、柳沢の藩領に入る。

橋の袂にさしかかった孝兵衛は足を停め、総ての光彩を消したような、この磧の閑寂な風景を眺めていたが、ふと、足下の白い石の上に動くもののあるのが目に入った。よく見ると、雀よりやや小さい小鳥であった。頭と羽は黒褐色で、頸から腹へかけて白く、俗に「磧千鳥」と呼ばれている小千鳥で、激しく羽を振り動かしているのである。

「何をしているのだろう」

孝兵衛はそう思って、堤の蛇籠の上へ歩いて行った。が、千鳥は飛び立つ風もなく頻りに羽を振った。孝兵衛が蛇籠を伝って、磧に降りると、千鳥は体を曲げたり、首を振ったりして逃げて行く。が、孝兵衛が磧に降りたまま立っていると、千鳥も逃げるのを止め、羽を振り動かすので、小鳥は明らかに孝兵衛を意識しているようである。

孝兵衛は殊更荒荒しく追い立てるようにして千鳥に迫ってみた。しかし、千鳥は飛び立つ気配はなく、孝兵衛と殆ど同じ間隔を保ちながら、奇妙な恰好に体をくねらして逃げ、孝兵衛が停ると、千鳥も石の上に停まって、羽を振った。

何より不思議なことは、最初の白い石といい、今の大きい石といい、小鳥は常にその身をわざと目立つ所に置こうとしているらしいことであった。言い換えれば、まるで千鳥はその生命をいつも一番危険なところに曝そうとしているようなものではないか。一体、これは何を意味するのであろうか。

孝兵衛はいつか腕を組んで、その場に跼っていた。千鳥はそんな孝兵衛の様子を窺うかのように、頸を拈ったりしていたかと思うと、また激しく羽を振った。

羽を振るというよりは、羽を低く垂れ拡げ、或は挑みかかるようにその羽を切り、或は痙攣するように慄わせている千鳥の姿態からは、何か常ならぬものが感じられた。少くとも、小鳥が生命の危険をさえも顧みないほどの、昂奮状態にあることだけは確かだった。或は、鳥類の性にでも関係のあることか、その小さい体全体に漲っている必死なものは、却って悦楽の恍惚感の中にいるようにさえ思われた。が、雨雲の下の、この砂礫ばかりの風景の中では、孝兵衛の目に、生命のあるものは、この一匹の千鳥の他には見当らなかったのである。

不意に、目の前の飴色の石を、ぽつりと雨が濡らして、忽ち消えた。孝兵衛は急いで立ち上った。石の上で、小千鳥は頸の毛を逆立て、一層激しく羽を慄わせた。

二十六

その翌日、孝兵衛は中仙道を昨日とは逆の方向に向かって、歩いて行った。佐和山山麓の竜潭寺で、彦根藩士の中野右近と孝兵衛は内密に会見する手筈になっていたからであった。

その日は秋晴れの好日で、伊吹山や霊仙ヶ岳、釈迦ヶ岳等の鈴鹿山脈の峰峰が北方の空に聳え、熟した稲が香わしい香りを立てていた。が、昨夜、流石に快い眠りを取ることの出来なかった孝兵衛には、輝かしい秋の日光も目に痛いばかりであった。

小幡の部落を過ぎると、道は松、柏、榎(えのき)、櫟(くぬぎ)、樫(かし)等の茂っている雑木林の中に入って行った。林の中は湿地で、水の湧き出ているところも、木立の間から見えた。道には孝兵衛の他には人影はなかった。

孝兵衛の頭からは、昨日の小千鳥の姿が片時も離れなかった。昨夜、妻、とよの痛ましい告白を聞いた時、直ぐあの千鳥の姿が浮かんだ。同時に、あの千鳥は巣持ち鳥ではなかったか、ということが、彼の頭に閃いたのであった。

その故に、最も危険に曝されていた小千鳥の生命があのように活活として、むしろ痴態のようにさえ見えたのではないか。或は、実際に、自ら生命を危険に曝すことによって、あの千鳥は欲情にも似た満足を感じていたのであろうか。

孝兵衛の頭の中には、今も千鳥は必死になって、体をくねらせたり、頸を曲げたり、羽を慄わせたりしている。千鳥のそんな奇怪な行動は、最早、千鳥の意志によるのではなく、生命と生命とを繋ぐ神秘なものに、「捨てよ」と命じられた生命の、無心の振る舞いのようでもあった。すれば、こんな小鳥の献身の姿は、却って雌雄の悦楽の姿態に近いのかも知れぬ。が、孝兵衛にはそれ以上の想像は耐えられることではなかった。

林を抜けると、中仙道は柳瀬方面からの道を合わせて、愛知川の南岸に出、直ぐ橋の袂にかかる。橋の上には旅装の人の姿もあった。孝兵衛は足音を鳴らして、橋を渡って行った。

今日も、小千鳥はいるであろうか。そう思うと、孝兵衛は急にあの千鳥がひどく可憐なもののように思われて来た。巣持ちの鳥であれば、あのあたりから離れることはないであろう。今日は、例えば反対の方向へ歩いてみるとか、さまざまな方法で試してみようかと、竊かに孝兵衛は思ったりした。この思いつきはかなり彼の気に入ったらしく、自分だけが知っている秘密の遊び場を持った子供のように、孝兵衛の顔は楽しそうにさえ見えた。

橋を渡り終った孝兵衛は足音を忍ばせて、昨日の蛇籠の上に立った。ふと、孝兵衛はこの奇妙な千鳥の場合は逆であることに気付き、急いで足を踏み鳴らしてみた。が、小千鳥の姿はなく、一面の砂礫の上には、秋の強い陽射しが降り注いでいるばかりだった。

孝兵衛はいかにもがっかりした様子で歩き出した。不意に、孝兵衛は昨日の卯吉郎夫婦の不審な言動を思い出し、全身から血の噴くような恥しさを覚えた。というのは、五郎七はこの愛知川上流の山村の出身であり、帰村の途次、一部始終を卯吉郎に物語ったに相違なかったからである。

昨日、五郎七が迎えに来ていなかったのは、「お腹でも痛う」したからではなく、五郎七は既に暇を出されていたのであった。しかも、卯吉郎夫婦はそのことを知っていたはずではないか。

孝兵衛は恥しさのあまり、無性に目をしばだたいた。あの時、彼等夫婦の間には、無言のうちにどんな視線が交わされていたかも知れなかった。その彼等と、今日、またも顔を合わせることは孝兵衛にとっては、まだ生生しい傷痕に触れられるような苦痛だった。しかし、孝兵衛はやはり避けられないような予感がし、その顔には白白しい表情が浮かんだ。人目を避けるため、竜潭寺への往復には駕籠を用いることを、孝兵衛は中野右近と約していたのである。その愛知川宿の駕籠の丁場は卯吉郎店の筋向かいにあった。

祇園社のお旅所の手前で、道は二つに岐（わか）れ、その一つは押立、百済寺を経て、君ヶ畑、政所等の山麓の村村に達している。卯吉郎の所に立ち寄った五郎七が、風呂敷包みを肩に振り分けて、夢遊病者のように帰って行ったのはこの道であった。孝兵衛はその道の行方に目を遣ったが、そのまま歩き去って行った。

道の両側に疎（まば）らに家が並び始め、軈て道は愛知川の宿に入って行った。果して店の前に立って、ぼんやり空を眺めている卯吉郎の姿が見えた。孝兵衛の顔に淋しげな苦笑が浮かんだ。少年の頃から、孝兵衛は幾度このような笑いを浮かべねばならなかったであろうか。

孝兵衛の姿を目に入れた卯吉郎の顔は、見る見る驚きの表情に変った。

「あれ、孝兵衛さんたら、昨日の今日というのに、これはまたどちらへお出かけどすのやいな」

「竜潭寺さんに参詣致そうと思いましてな。昨日はどうも」

「ほやかて、ほない急いでお墓参りてて、どうかしやしたんどすかいな。ほれにお顔色もようないが、何かあったんどすかいな」

孝兵衛は綺麗な歯並の微笑を見せて、言った。

「何せ、待ち人に会えなかったものですからね」

「へえ、孝兵衛さんが待ち人に。ほれはまた、どこの、誰さんどすのやいな」

「いや千鳥なんですよ」

「千鳥、てて、聞いたこともないが、一体全体、どこのおなごはんどすのやいな」

思わず、孝兵衛はいかにも面白そうに笑い出した。

「いや、これは手前の言葉が足りませんでしたわ。鳥の千鳥のことなんですよ」

「鳥の千鳥？」

「いや、実は、昨日、あれから帰り道にね、愛知川の磧で……」

その時だった。突然、卯吉郎が頓狂な声を上げた。

「あれ、孝兵衛さん、何やろ」

孝兵衛が振り返ると、数人の武士が駆け寄って来て、孝兵衛を取り囲んでしまった。その中の一人が言った。

「五個荘村の孝兵衛であるか」

「はい、さようでございます」

「取り調べの筋があり、召し捕るによって、神妙に致せ」

「これは異なことを承るものでございます。手前はこれより……」

「申し開く儀があれば、御番所にて申せ。それ縄をかけい」

最早、孝兵衛は少しも抗う様子はなく、顔にはあの諦めにも似た微笑さえ浮かんでいるかのようであった。孝兵衛は従容として、縄を受けた。いつの間にか、筵で囲われた唐丸駕籠が運び寄せられていた。

孝兵衛は駕籠に乗せられた。唐丸駕籠には一つだけ小さな窓があった。孝兵衛は窓から一寸覗いてみた。寸刻の前まで、立ち話をしていた街道を、こんなところから覗いている自分がひどく憐れなようでもあり、滑稽なようでもあった。

駕籠は直ぐ担ぎ上げられ、孝兵衛は愛知川の街を運ばれて行った。二人、三人と、恐る恐る家家の中から人が現れて来て、この突然の出来事を口口に語り合った。

「五個荘の孝兵衛さんやてな」

「ほうよいな。お気の毒さんにな。泣き面に蜂とはこのことよいな」

「ほんでも、何のお咎めやったんやろな。怖いことな」

「なんやら、蝦夷とやら行ってやしたというで、ほれやないやろか」

「なんぼ金が儲かっても、ほんな怖いこと、わしらかなわんわ」

門の中に逃げ込んだ卯吉郎は、思わず、いとと手を取り合っていたが、漸くその手を離して、言った。

「な、おいと、昨夜、どうやったやろ。気の毒さんにな」

「阿呆なこというてんと、早う、お宅さんへ知らしに行かなあかん」

「ほんでも、関り合いになるようなことないやろか」

「何いうてるのや。ほれ、ほれ、仁平さんが走りなはるらしいやないか」

卯吉郎が首を伸ばしてみると、同業者で、藤村店とも取引関係のある仁平が、今しも着物の裾を撥ね上げて、帯の間に挟んでいるところであった。

「よし、わしら、裏口から出てこましたろ」

卯吉郎はそう言って、家の中へ駆け入った。その店先をちらりと見やりながら、仁平が急ぎ足で南に向かって通り過ぎて行った。

二人去り、三人去り、聴て、街道は元のような平穏な宿場街の姿に立ち返った。時時、その街上を大きな鳥影が掠めるので、青い空には、鳶が弧を描いて舞っていることが判った。

二十七

十六畳の座敷の床の間を背にし、与右衛門は妻のいちに酌をさせて、酒を飲んでいた。左右の燭台には、余程目の重い蠟燭が点されているらしく、ひどく明るい。虫が頻りに鳴いている。

脚の高い黒塗膳の上には、鮒の子つきの刺身、川鱒の塩焼、鰻巻、鯉の飴煮等、川魚料理ばかりが乗っていた。

先刻から、いちはとよの事件を訴え続けていた。が、与右衛門は聞いているのか、いないのか、とかく酒食の方に心が奪われ勝ちのようだった。勝気ないちは、その眉間のあたりに幾分険を含んでいたが、肌理の細い、整った顔立ちであった。いちはまた裁縫や、料理にかけても、並並ならぬ腕を持っていた。

「うむ、うまい」

与右衛門は何度目かの言葉を口にした。

「やっぱり料理にかけては、うちのかかさんにはかなわんて。江戸前と言うても、田舎料理に過ぎん」

「あれ、あんなうまいことを。怖やの、どうしましょ」

男勝りと言われているいちも、久し振りに夫の側にいると、自然に中年の女の色香が溢れるもののようだった。このような話は御酒でもいただかなくては出来ないと、盃を少し重ねたので、目許も赤く染まっていた。

その日、酉の刻（午後六時）過ぎ、与右衛門は早駕籠を飛ばして帰って来た。が、不思議なことに、孝兵衛が召し捕られたという報せを持った早飛脚と、与右衛門が行き合ったのは池鯉鮒の宿を過ぎたばかりであったという。すると、孝兵衛が逮捕せられた以前に与右衛門は江戸を出発したものと推するより他はない。が、そのことに関しては、与右衛門は

「虫が知らせた」と一言いったきりで、口を緘した。

いちが与右衛門の顔を伺いながら言った。

「ほすと、旦那さん、どうしても、明日は彦根さんへおいきやすんどすかいな」

「そのために帰って来たのだもん。行かないわけにはまいるまいて」

「後生どす。どうぞ思いとまっておくれやす。若しも、旦那さんに難儀がかかったら、私、どないにしましょ」

「まさか、孝兵衛にはどのような難儀がかかっても、構わないというのでは、なかろうな」

「と言うて、こっちから、何も、わざわざ……」

「まあ、よい。心配するな。このわしに委しておけ。細工はりゅうりゅう。まあ仕上げを御覧じ、じゃ」

「愛知川の仁平さんが言わはるには、何やら、蝦夷地のことらしいとやら。それなら、旦那さんにはかかわりませんこと」

「わしにかかわりのないこととすれば、孝兵衛には、尚のことかかわりはないわ」

「ほやかて、お呼び出しもないもんを。まるで飛んで火に入る夏の虫やおへんかいな」

「そうよ。孝兵衛はんのためなら、譬え火の中、水の中……」

凡そ歌謡の才のない与右衛門は、後半得体の知れぬ節廻しになったので、自ら声を上げて笑い出してしまった。

女中が鮒鮨の湯漬けを持って来た。いちはその茶碗を両手の掌の間に挟み、熱さを試してから、差し出した。この鮒鮨もいちの得意中のものである。鮒鮨は五月、梅雨の候、源五郎鮒を揃えて塩漬けにする。この時、魚腹に浮袋が残ると、その全部が腐敗するという。土用の季に、白米を煮て、その中に魚を漬けるのである。その時、手水は酒を用い、重し石を重ねてから、水を浸すのである。翌年、鮒鮨を取り出す時には、一昼夜、桶ごと逆押しをかけ、完全に水を切ってからでなければならないともいう。

「おお、これは結構や」

「さようでございますか。ほれは嬉しいこと」

与右衛門は鮒鮨の茶碗を下に置くと、言った。

「では、とよを呼んで貰おうか。お前さんは遠慮した方がよかろう」

「私がいては、いきまへんのどすかいな」

「とよとしても、言いづらいこともあろうからな」

「へえ、旦那さんの前で言えることが、女の、私の前で言えんて、ほんなけったいなことがおすやろか」

「まあよいわ。その代り、後でたっぷりかわいがって上げるからな」

「阿呆なこと、言わんとおきやす」

「おいおい、ほないに気分出すのはちょぃと早過ぎるようだぜ」

「知らん」

いちとしては珍らしく、すっかり取り乱した態度で、立ち去って行った。それから暫くして、痛々しいばかりに憔悴したとよが入って来た。とよは与右衛門の前に坐ると、一礼したまま暫く頭が上げられなかった。

「とよ、一つお酌をしてもらおうか」

とよは声が閊えてしまっていたので、黙って、徳利を取り、与右衛門の盃に酒をついだ。

「とよも一つやらんか」

「不調法で……」

「まあ、よい、一つやれ」

とよは両手で盃を受けた。

「この度は、重ね重ねの災難だったな。とよ、察しているぞ」

忽ち、とよの目から涙が零れ落ちた。が、とよは顔を伏せたまま、存外はっきりした声で言った。

「申し訳ございません」

「わしが帰った上は、孝兵衛のことは心配はいらん」

とよは思わず与右衛門の顔を見上げた。与右衛門は依然と、太った指の間に持っている盃を口に運んだ。とよは与右衛門が飲み干した盃に酒をついだ。

「とよ」

与右衛門は口へ運ぼうとした盃を止めて言った。その顔にはひどく真剣なものがあった。

「さぞ、言い憎いこともあろうが、与右衛門に何も彼も話してはくれまいか」

「申します。けんど、ほの代り……」

「その代り？」

「私の申しますこと、信じていただけますやろか」

「とよの申すことを、疑うようなことは出来ないだろう」

「ほんなら何も彼も申します」

与右衛門は固い音を立てて盃を置き、腕を組んで、目をつむった。とよは顔を伏せたまま、考え、考え語り出した。虫が鳴き頻っている。

「ほうです、ほの晩は主人の袷せを縫うてましたんで、床に入りましたんは亥の刻（午後十時）近うもございましたやろか。ふと、何やら、変な気配に目を覚ましますと、いきなり刀を突きつけられましたんや。びっくりして、見ますと、覆面した賊が立っていて、一人は孝一郎の……」

「えっ、賊は二人であったのか」

とよは無言で頷いた。

「そうか、それではどうしようもなかったわな」

与右衛門の顔も流石に沈痛な表情を帯びた。

「『騒ぐな。騒ぐと子供の命がないぞ』と、賊が言いますんや。もうほの時、私は覚悟致しました。縁さえ切ってもろたらよい、どないしても、孝一郎の命だけは助けんならんと思いまして、『孝一郎、泣いたらあかんえ。じっと、我慢してるんやで』言うて……」

「ほう、孝一郎は泣かなかったか」

「喉のところへ、刀突きつけられて、ほんでも、泣かんと、我慢してますのや。私は賊に手合わして、申しました。『もう、きっと逆らわしまへんさかい、どうぞ子供等の前ではかんにんしとくれやす』すると、『立て』言うて、私の背中を刀でつつきながら、一人が……」

とよは一層重重しく首を垂れた。が、むごいと思いつつ、与右衛門は言った。

「その時か。五郎七奴が見たというのは」

とよは返事もなく、俯向いていたが、暫くの後、思い切った風に首を横に振った。

「いいえ、二人目の……私、なんでこんなひどい目に会わんのならんやろ、思いましたら、何やら、かあっとなってしもて……」

「うむ、解った。とよ、よく隠さず話してくれた。それで、孝兵衛には話したのか」

「いんえ、『お暇をいただきたい』とだけ申しました」

与右衛門は盃を取り上げ、一気に酒を飲み干した。

「孝兵衛は何と言ったな」

「『咬み犬に咬まれたようなもの。人間と思えば腹も立とう。犬畜生と思えばよい』とは言うておくれましたけんど、却って、私、つろうて……」

「うむ、いかにもその通り、何のつらいことがあろう。さあ、とよ、一つついでもらおう」

「これは、うっかりしてました」

「とよも、もう一つ」

「もう、私……」

「まあ、よい。とよ。それで、孝兵衛は、かわいがってくれたか」

とよはぱっと顔を染めて、初めて与右衛門の前に羞恥の色を見せた。しかし、とよは微かに首を横に振った。与右衛門はまた盃を置き、腕を組んでしまった。とよがそっと涙を拭うのを、与右衛門は見た。

「では、もう一つ聞くが、何故、五郎七奴に暇を出したんだね」

「私が五郎七と怪しいようにお言いやして、もしほうでないのやったら、暇を出せ、と言われましたんどす」

「誰が、そんなことを申したな」

とよは再び涙を拭った。

「お姉さんが……」

「いちがそんなことを言ったのか」

「いいえ、いかんのは私どす。うちら、もう、何が何やら、解らんようになってしもて」

とよは両手で顔を覆うて、嗚咽した。与右衛門は手酌で酒を飲み続けていた。

「私、主人の他は、手籠めに合うたこと、どないしても、隠し通すつもりでいたんどす。ほれに、五郎七が、見てたと言いますのやもん。私、私、……」

「何、すると、やっぱり、奴め、それを種にして、おどしたか」

とよは子供のように頷いた。

「それで、奴さん、こっぴどく撥ねつけられたんだな」

今度は、とよは激しく首を横に振った。

「私は、なんやら目がもうてしもうてしもたみたいで、あっと思うた時には、五郎七は俯伏せになって、泣いていたんです。大方、五郎七の心の中にも、仏さんがいてておくれやしたんやろ、思うと、私は五郎七を責めることもでけまへなんだ。私はついうっかりと、誰にも言わんといてくれたら、いつまでもおいといてやると、約束までしてしまいましたんや。悪いのはこの私でございます」

「そうか。それに暇を出されたものだから、それを恨んで、五郎七奴、あらぬことを言い触らしたか」

突然、与右衛門は高高と笑い出した。

「そうか、解ったよ。とよ。何も彼も嘘っぱちだ。だって、賊が二人だったとは、誰からも聞いていないんじゃないか。彼奴め、大方、蒲団でもかぶって、慄えていたんだよ。いんや、奴さん、寝とぼけて、何か、夢でも見たんだろうよ。さあ、もう心配することはない。明日は彦根へ行って来るからな」

与右衛門は愉快そうに笑い続けていた。その顔を、とよはじっと見守っていたが、不意に、とよの目に大粒の涙が膨れ上った。

二十八

孝兵衛の頭に、またしてもあの千鳥の姿が浮かんだ。その姿は、奇怪なことに、彼の頭の中に止まらず、ともすると畳の上を黒い影となって、徊い廻わった。更に、いけないことには、その千鳥の梟梟しいばかりな、必死の表情から、どうかすると妻、とよの姿が聯想されることであった。

あの時、賊は刀を持っていず、とよはその賊を六畳の間に導いて行き、自ら横になったという。勿論、孝兵衛はそのようなことを訊ねようとはしなかったし、とよも口にしなかった。五郎七が本家の番頭に告げ、番頭からいちへ、いちから孝兵衛に告げられたのであった。

「厭らしやの、おとよさんたらなあし。ほやかて、ほんなん、女の口からは言えやしまへんわ」

「そのように、姉上のお口を汚すようなことでしたら、承らぬ方がよろしいのではございませんでしょうか」

「ほやかて、孝兵衛さん、あんただけには、厭でも聞いといてもらわんならん。おとよさんたら、どうどす、腰を使うてやはったんやて。ほれでは、なんぼ大人しい孝兵衛さんやかて、ほら勘弁なりまへんわいなし」

子供達を生命の危険から救うために、あの小千鳥のように、殆ど失神状態にも近い狂態を演じたかも知れないとよに、却って痛感にも似た愛情を感じないわけではなかった。しかし、いちの粘りついたような言葉は、いきなり濡れ雑巾で拭われたように、すっかり彼の感情と、同時にとよの肉体を汚してしまったのである。

孝兵衛の夢の中にも、千鳥は現れ、石の上で羽を慄わせた。が、いつか、白い石は人間の腹部となり、千鳥は醜怪なものとなって痙攣した。

愛知川の宿で、突然、孝兵衛は召し捕えられ、唐丸駕籠で運び去られたが、実は、彦根城の一廓(いっかく)の離れ家に客人として、竊かに泊められていた。幕府や、その命を受けた柳沢藩からの密貿易の嫌疑を避けるため、中野右近等の先手を打った謀略であったという。与右衛門の到着を待って、「事実無根お構いなし」と裁定の上、釈放されることになっているのであった。

あの時、御番所で、唐丸駕籠から下された孝兵衛に、竊かに中野右近は言った。

「すまぬ、すまぬ。いや、しかし、これは驚き入った、顔色一つ変っていぬではござらぬか」

孝兵衛は例の笑顔で立っていたが、流石に、その衝撃は孝兵衛にあの不幸な出来ごとを忘れさせていた。が、右近の偽計であったことが判ってみると、以来、数日の無聊(ぶりょう)な時間が却って彼を苦しめ続けた。

　あの夜、孝兵衛は心から妻を赦したつもりであったが、その体を愛することはどうしても出来なかった。勿論、とよもひっそりと自分の床の中で動かなかった。孝兵衛はそんなとよがいじらしく、今も後悔に似た感情が彼を責めないでもなかった。が、あの時、いちの醜く歪んだ口から発せられた言葉が呪文のように、孝兵衛の耳から離れないのも事実であった。女というものは、母の献身の姿さえも、あのような浅ましい形を取るより他はないのであろうか。

　その時、中野右近の訪れる声がして、右近が初老の侍を伴って入って来た。

「御家老職でござる」と右近は言ったが、その名は告げなかった。痩身で鋭い眼光の持ち主であった。孝兵衛は下座に退がって、平伏した。家老職と言われる人が、意外にも優しい声で言った。

「さあ、気楽に。退屈でもあろうかと存じてな」

「御家老には、蝦夷地の模様など、いろいろ聞きたいと仰せられるので、お伴申した」

「恐縮に存じます」

「そうそう、過日は珍しき品品、確かに受領致した」

「有難き仕合わせに存じます」

　短銃、遠目がね、ギヤマンの器、気温計、体熱計、薬品、びろうど、その他、アメリカ船と交換した品品を、孝兵衛は抜け荷にして、右近宛に送り届けておいたのであった。右近はその事を家老も諒承していることを、孝兵衛に知らせるため、改めて言ったもののようであった。

「異国船の模様など、承ろうか」

「丁度、砂原の浜から、ユウフツと申す所へ渡ります海上、ひどい嵐に出会いまして、難航を続けた挙句、深い霧に閉ざされてしまったのでございますが、その濃霧の中から、突然、大きな黒船が現れたのでございました」

「うむ」

「小舟に乗った紅毛人が迎えに参った模様でござりましたので、手前、中井新之助と申す浪人を伴いまして、小舟に乗り、更に黒船に乗り移りましてございます。紅毛人達は交る交る私どもの手を握り、その手を何べんも振りました。どうやら、対面の挨拶のようでございましたが、紅毛人は格別毛深いように見受けましてござります」

「黒船の大きさは」

「さよう、四十間ばかりもありましたでしょうか。全部、鉄張りのようでございました。試みに、檣(ほばしら)を扇子で叩いてみましたら、カンカンと音が致しました」

「異国の船は総てそうと聞くが、鉄の船が浮くとは、異なことじゃな」

「恐れながら、茶碗を横にして水に入れますれば、沈みますが、仰向けて入れれば、水に浮かぶ道理か、と心得ます」

「成程、さようか」

家老職という人はちらっと右近の方へ目を遣った。右近は清らかに微笑した。

「黒船は帆でも走りますが、蒸気の力で走るのだそうでございます。何分にも、言葉が全然通じないものですから、委しい理は判りませんが、強い火力を出す石を焚いて湯を沸かし、その蒸気の力で水車のような車を廻して、走るのだそうでございます。手前はそのまっ黒い石くれを貰って参りましたが、試みに、火に入れてみますと、少しく臭い匂いを発して、まっ赤になって燃えましてございます。ところが、函館にて、ある人にその石を示しましたところ、蝦夷地にも時時その石を拾う者があるらしく、昨年も、ホロナイとか申すところで、燃える石が夥しく掘り出されたとか申すことでございました。そのため新之助は蝦夷地に逗留することに致しましてございます」

不意に右近が高い声で笑い出した。

「すると、あの荷中の黒い石は燃える石であったか。いや、何かの序に紛れ入ったものであろうと存じましたが、あまり黒色が艶やかなものでしたから、手前娘に与えましたところ、小さな蒲団を作り、その上に飾っておくのでございますよ」

「何、その燃えるとか申す石をか。危いことのう」

家老といわれる人も、その謹厳な口許を僅かに綻ばせた。

「お話は少し前後致しましたが、紅毛人は私共の手を握ってから、ギヤマンの猪口に赤い酒を注ぎ、それから飲めと申していのでございます。血のような色を致しておりまして、誠に心許のうございましたが、酒はひどく甘口でございました」

「すると、孝兵衛殿の口には合わなかったか」

「いや恐れ入ります。それから、紅毛人は地図を拡げ、その上に指を動かして、一一差し示してくれましたので、どうやらアメリカ国の船で、支那国のマッカオという港へまいるらしいことが判りましてございます。全くの珍糞漢ながら、やっと『アメエリカ』と申すのが聞かれましたので、手前も『アメエリカ』と申してみましたら、嬉しそうに何度も頷きましてございます」

「うむ、正しくは『アメエリカ』と申すか」

「確かに、『アメエリカ』と聞き取りましてござります。それから、一人の大男が立ち上りまして、いきなり短銃を撃ったのでございます。多分、手前どもを驚かす魂胆であったかと存じますが、短銃の口から火を吹きましたのと前方の赤い実が転り落ちましたのとは殆ど同時でございました」

「うむ」

「その大男は短銃を逆様にして、手前の方に差し出し、くれる様子を示しましたので、手前、受け取りましてございます。すると、手前の伴いました新之助と申す者が立ち上り、別の赤い実を鉄の台の上に置きまして、刀を引き抜き、大上段に構えて打ち下しましてございます。赤い実はまっ二つに割れて、台の上に止まりましてございます」

「ほう、なかなかの腕の者とみえるな」

「アメリカ人も余程びっくり致しましたようで、何やら口口に申して、賞め称えていたようでございました。新之助はその刀を短銃の名人に与えましたので、彼の大男は余程名誉なことと思いましたか、新之助の手を握り、肩を叩いて、喜びの情を示したことでございました。でも、手前は『日本人て、なかなか愛嬌もあるようですね』と、彼を散散笑ってやりましてございます」

「して、それは、いかなる意味のことを申したのかな」

「と申しますのは、蝦夷の土人でございますアイヌ人が、いつか馬の立ち乗りを見せてくれたことがありましたが、新之助は乗馬にも勝れておりまして、丁度、童等が『これ出来るかい』などと申して得意がっているようだと笑ったことがございました。が、あのような大きな鉄船の上におりますと、新之助の腕の冴えをもって致しましても、蟷螂の斧に等しく、アイヌの児戯を誇るに類すると、存分に笑ってやったまででございます」

「また、そのようなひどいことを申すわ。定めし、浪人は怒ったであろうが」

「いえ、新之助は手前等同心の者、『いかにも、いかにも』と苦笑致しておりました。それから、手前方より、アイヌより譲り受けました熊の皮を贈りました。それは大へん彼等を喜ばしたらしく、遠目がねや、ギヤマンの器を贈られました。絹物は格別彼等が珍重致しますようで、絹を『シルク』と申しますものか、『シルク、シルク』と繰り返し申しまして、別して、彼等を一番喜ばせましたものは緋縮緬の長襦袢でございました。もっとも、長い航海を致しております者どものことでございますれば、慮らずも、人情には変りのないことを示したのでもございましょうが、概して、彼の地では絹物類が不足のように見受けられました。しかしながら、紅毛の大男が赤い長襦袢を着て、騒ぎ立てております恰好は、あまり見よいものではございませんでしたが、何分とも言葉が通じませぬので、手の施しようがございませんでした」

「いかにも、さもあろうな」

「先方からは、びろうどや、薬等を贈られました。何やら腹の痛むような恰好を致しまして、差し出しましたから、手前、早速に『腹痛ぐすり』と書きつけておきましてございます。頻りに咳を致しましたものには『風邪ぐすり』、顔を顰めて、額を押えましたものには『頭痛ぐすり』と書きつけておきましてございますが、実際に御使用の折は、御念をお入れ願いとう存じます。人体の体熱を計ります……」

その時、右近の名を呼ぶ声が聞こえた。右近は立って、部屋を出て行ったが、飄て引き返して来て言った。

「唯今、藤村与右衛門参着致しましてございます」

「ほう、それは、また早いことよ。孝兵衛殿、では、失礼致す」

家老職といわれる人は一揖して、立ち去って行った。

その翌日、愛知川の宿の手前で駕籠を降りた与右衛門と孝兵衛は談笑しながら、中仙道を上って行った。時時、与右衛門の高笑いの声も聞こえた。

「それが、目だって言うんだよ。目が、小さな窓のようなところから、じっとこっちを見ていたんだってさ。その目が、『あの方』の目に違いないって、おりゅうの奴、きかないんだよ」

「へえ」

「誰にも、おりゅうとは言えないしさ、弱ったよ。わしが夢見るなんていうのも、おかしいからね」

そんな二人の姿を認めた愛知川の宿の人人は、まるで恐しいものを見るかのように、声を殺して見送っていたが、仁平が一人、さも得意げに家の中から飛び出して来た。

「まあ、孝兵衛さん、大旦那さんも御一緒で。ほんでも御無事で何よりでございましたな」

「おお仁平さん、その折はよう知らせて下さった。お礼を申しますわ」

「ほんなこと、どうありましょ。ほれより、ほんまに怖いことでございましたな」

「飛んだ災難でしたが、御覧のように、どうやら首もつながっているようですわい。彦根の御連中も、それでも少しは、目も覚めたことでござんしょうよ。孝兵衛、まだ覚めんかな。それとも、丁度、寝呆け面で、目をぱちくりってところかな」

与右衛門はまた高高と声を上げて笑った。門を出たり、入ったりしている卯吉郎の姿が見えた。

二十九

料亭「梅ヶ枝」の奥座敷で、与右衛門が人待ち顔に酒を飲んでいた。冬の日は短く、女中が燭台を運んで来てからも、既にかなりの時間が経つ。

「いらっしゃいましたよ。ここな悪戯者奴が」

が、それから間もなく、そう言って入って来た女中が、横目で与右衛門を睨んだ。その後から、りゅうが端麗な姿を現した。りゅうは素人風に装っていたが、すっかり発育した体が見事な線を描き、その美貌も更に美しさを増した。

「あら、お兄さまでございましたの」

りゅうは艶然と笑って、与右衛門の前に坐った。与右衛門は黙って酒を飲み干すと、盃をりゅうに差した。女中がその盃に酒を注いだ。

「では、御用がございましたら、お呼び下さいまし」

女中はそう言って、部屋を出て行った。りゅうは盃を返し、馴れた手つきで酒を注ぐと、緊張した面持ちで言った。

「いつお下りでございました」

「二十一日に着いたよ」

「あら、そんなにお早く。いかがでございましたの、お国の方は」

「聞いて下さったろうが、いや、もう、大変なことが起っていてね。全く、お前さんのお蔭だったよ」

「して、孝さまは」

「『して、孝さまは』って、まだ会っていないのかね」

「ええ、まだお会い致しておりませんが、すると、江戸なんでございますか」

「呆れたもんだ。いや、全く変っている。変っているよ」

与右衛門は頻りに首を振って、何事かを考え込んでいる風であったが、急に思い返したように、酒を干して、盃をりゅうに差した。

「御存じのように不調法ですから、ほんの真似だけ」

「いや、今日はうんと過してくれ。ちょっと、酔わして、頼みたいことがある」

「お兄さまのお頼みって、何事でございましょう。何やら、恐いような」

「鬼が出るか、蛇が出るか、さあ、飲んだり、飲んだり」

与右衛門が何度目かの盃を差し出した時だった。一瞬、りゅうの手が閃いて、与右衛門の頬に平手打ちを喰らわせた。

「おお、何をするのだ」

「何をするも、せんもあるものか。これは何の真似だっていうんだい」

りゅうは立ち上がって、いきなり襖を開けた。隣室には、派手な蒲団が敷いてあり、枕許の行灯がぼんやりそれを照らしていた。

「天下の丸与ともいわれるほどの男なら、女中さんの鼻薬ぐれえは、もう少し弾んでおくものよ。けちけちしてるから、この耳に筒抜けなんだよ」

与右衛門は太った膝に拳を突き、滑稽なほど神妙な顔をして言った。

「りゅう、見てみてくれんか。枕は一つのはずなんだが」

「枕が一つ、って、それが一体、何の言い訳けになるってんだ」

「枕は一つのはずなんだ」

「じゃ、どうして、こんなふざけた真似をしたんだよう」

「話すから、まあ、坐って聞いてくれ」

余りにも生真面目な与右衛門の態度に、りゅうは幾分勝手が違ったように、渋渋元の座に坐った。

「実を言うと、孝兵衛の留守中に、盗賊が押し入ってね。孝兵衛の家内が手籠めにされてしまったんだよ」

「へえ、そりゃ、大変だったのね。でも、それが、これと、何か関係でもあるというの」

「大ありなんだが、一つ、ゆっくり聞いてくれんか」

「知らぬ奥さんが手籠めにされた話、聞いてみたってしようがないけど、その奥さんてえのも、少少だらしないわね」

「ところが、賊は二人なんだ」

「へえ、二人ね」

「一人が孝兵衛の子供の喉元に刀を突きつけ、もう一人が……」

「そうか、それじゃ、悔しいけど、お手上げか」

「りゅうもそう思ってやってくれるかね」

「でも、それで、まさかごたごたが起こってるってわけでもないんでしょ」

「そりゃ、ああいう気の人だから、綺麗に許してやってくれたんだが、それ以来というものは、さっぱりかわいがってやってくれないらしいんだよ」

いかにも悄然とした与右衛門の表情に、りゅうは思わず噴き出した。が、りゅうも急に真顔になって言った。

「でも、それは少しおかしいわ。あの方はそんな人じゃありませんわ。最初に、私を助けて下すったのも、町人の血が湧き立ったのだとおっしゃってたし、初めて、私をなんして下すったのも、私が揚屋（あがりや）から出された日のことだったんですもの。私のような者でも、ほんとにしんみりと抱いて下さったんですもの。決して、そんな方じゃありませんわ」

「わしも不思議に思ってるんだが、嫁の口から聞いたんだからね」

「へえ、それではあんまり奥さんがおかわいそうだわね」

「嫁も気の毒だが、わしは孝兵衛がかわいそうでならん。孝兵衛には、お前さんという人があると思っていたが、なんとそれも逢っていないという」

「私にはあの方のお気持がやっと判ったように思われますわ。あの方は自分を一番不幸な所においておかないと承知出来ないんですわ」

「りゅうまでが、またそんな訳の判らんことをいうが、わしは孝兵衛を不幸にはしておかれん。りゅう、誠に申し憎いことではあるが……」

「あら、お兄さまでも言い憎いことがございますの」

「ひどいことを言う」

「いえ、そういう意味じゃありませんの。お兄さまは、何でも思ったことを言い、思ったことをなされます。私、御立派だと思っていますわ」

賞められた子供のように、与右衛門は照れ臭さそうな苦笑を浮かべて、言った。

「些か調子に乗せられた恰好だが、りゅう、女というものはね、悪い男に犯されたような場合にも、やはり感じるものだろうかね」

「あら、何かと思ったら、そんなこと。奥さまが感じなさったとでもいうの」

「かわいそうに、かっとなってしまってね、何も判らなくなってしまったらしいんだが……」

「奥さまなんて、存外だらしないものね。私なんか、厭だわ、馬鹿な話になったものね」

「どうして、馬鹿な話どころか、一人の女の命にもかかわりかねないことなんだよ。真面目に聞くよ」

「厭ね、私なんかね、あの頃は、厭な客も取ったこともあったけど、そら何とかいうじゃありませんか、こっちにさえその気がなかったら、全然、何ともありゃしませんよ」

「しかし、それは一寸違うんじゃないかな。その場合は、厭でも、自分が承知しているんだが、一方は無理矢理に……」

「だから、余計、それどころじゃないじゃありませんか」

「ところが、必ずしもそうとばかりともいえないように思えるんだがね」

「どうして。そんな馬鹿なことないわ」

「相手がどんなに愛している男でも、女というものは、初めはきっと拒もうとする」

「そら、そうよ」

「女が自分の体を守ろうとする本能なんだろうが、拒みっぱなし、拒まれっぱなしでは、子孫を伝えることが出来ないから、神さんが、男には敢て犯す、女には敢て犯される喜びを与えてくれたのではないだろうか。考えようによっては、女が羞しがることさえ、丁度、花の匂いが虫を誘うように、却って、男に犯させようとする誘いなのかも知れないんだよ」

「まあ、ひどい。そんなこと……」

「勿論、男のわしには女のことは判らないが、男の経験からすると、どんなに愛している女との場合にも、一種の惨酷な感情を懐かないわけにはいかないのだがね。どうだろう、女の場合はその逆、無法な目に会わされると、却って強い昂奮を感じないではいられないのじゃないだろうか」

「そ、そんな馬鹿なこと。そんなの変態だわ」

「ところが、奇妙なことに、初心な人とか、勝気というか、潔癖というか、そういう人ほど、却ってその傾向が強いのじゃないかと思うんだがね。わしのように厚かましい人間になると、羞しいことなんかなくなってしまうからね。そう言えば、りゅうだって、最初、孝兵衛にあんな姿を見られたのでなかったら、あれほど孝兵衛を追い廻しはしなかっただろうよ」

「まあ、ひどい」

りゅうはそう言ったが、瞬間、明らかに顔を染めた。

「しかしね、男だって、女だって、どんなに羞しかろうが、悔しかろうが、自分ではどうすることも出来ないんだ。若しも、神さんがそういう風に創ってくれたんだとすれば、このままでは、孝兵衛の家内があんまりかわいそうなんだよ」

「それで、一体、どうしようというの。まさか、このりゅうを……」

りゅうは素早く身構えた。手、足、腰のあたり、着物の中に包まれた、雌豹のようなりゅうの筋肉が、いかにも緊張した状態にあることを示していた。が、無言のまま、与右衛門が懐中から紙包みを取り出し、紙を開くと、先の捌けた、一本の太筆が出て来た。

「そ、そんなもんで、どうしようというの」

「人間の心が、神さんが創った人間の体に勝つことが出来るか、りゅうの体で試さしてほしいんだ。人間が勝ったら、とは離縁だ。神さんが……」

「馬鹿」

いきなり、りゅうの手が与右衛門の頬を打った。そうして、与右衛門の下脹れした、白い頬がはっきりと赤くなっても、りゅうはその手を止めなかった。が、与右衛門は太筆を膝の上に立てたまま、身じろぎもせず、次第に取り乱して行く、りゅうの姿態を見詰めている。

「馬鹿、馬鹿、この阿呆たれ」

が、りゅうの果敢な攻撃も、与右衛門に完全に無視され、却ってその掌に、与右衛門の柔い頬の感触が不気味に残った。与右衛門は静かな声で言った。

「うむ、いかにも阿呆たれだ。一人の男の女のために、同じ男の女に、こんな無茶なことを頼むような馬鹿はないだろう。しかしね、りゅう、りゅうは自分の男の女でも、不幸にしてはおけないような女だと、わしは信じているんだよ」

与右衛門は筆を持って立ち上った。その顔には日頃の柔和さは全く消えていたが、不思議なことに、淫らな表情は少しもなかった。りゅうはまるで抗し難いものに命じられたかのように、いつか片手を後に突き、与右衛門を見上げながら、子供がいやいやをするように、頻りに首を振りながら、次ぎの間の方へにじり退って行く。

奇妙な、そんなりゅうの姿に、与右衛門は冷酷な視線を投げていた。既に、りゅうの目は熱っぽく光り、子供のいやいやは顔面筋肉の痙攣のようになり、その口許は厭らしく弛緩した。与右衛門の表情に急に和やかな色がさしたかと思うと同時に、与右衛門が言った。

「りゅう、どうやら勝負があったようだね。いや、済まなかった。許してくれな」

「あら」

りゅうはあわてて片手で顔を覆い、片手で乱れた膝を掻き合わせた。その白い喉許まで、まっ赤に染まって行くのは、痛痛しいばかりに艶かしかった。

「今日になって、それはあんまりです」

料亭の一室で、与右衛門と酒を汲み交わしていた孝兵衛が、珍しく怒気を含んだ声で言った。

「そのお約束で、仰せに従い、ゆっくり国にもいたのですからね」

「それは、そうなんだがね」

与右衛門は困ったように盃を含んだ。昨今、春めいた日が続き、日もめっきりと長くなった。

船数も揃ふ松前渡りかな　　定武

今年も、その季節が近づいて来たのである。

「わしだって、行ってみたいよ。わしがどんなに海好きか、察してくれよ」

「なりません」

「これは、きつい」

「だって、そうじゃありませんか。昨年、新之助とともにあれほど苦労をして、どうにか目鼻がつきかかったところじゃありませんか。それを横取りしようたって、そうはいきませんよ」

三十

「横取りだなんて、飛んでもない。一度でいい、孝兵衛さんの代理を仰せつけられたいんだがね。わしは海がとっても好きなんだ」

「ところが、お気の毒ながら、蝦夷地のことは今年が一番大切な秋（とき）、代理では事足りませんわい」

「孝兵衛らしゅうもない、そんな邪慳（じゃけん）なことをいうもんではないわ」

「仕事のためには、また止むを得ません」

「きつい、全くきつい」

朝から吹いていた強い南風も静まり、庭から甘い花の香りが漂って来た。沈丁花（じんちょうげ）でもあろうか。

「しかしね、孝兵衛、この頃わしは考えるのだが、二人とも、少し自分で遣り過ぎる嫌いがあるのじゃないか、とね。却って、店の者のためにもならん」

「全く、同感でございますよ。殊に、今日の藤村店は昔のそれとは大いに異っております。その主人公が店をよそにして、歩き廻っているなど、以ての他でございますわ」

「これからは、お互に気をつけるとして、どうだろう、源三郎でも遣わしてみることにしては」

「源三郎は外見はあのようでも、内心はなかなかしっかり致しております。結構でしょうが、どちらへお遣わしになるおつもりでございましょう」

「お叱りによって、わしもきっぱりと諦めた。孝兵衛も、今年だけは、どうか思い止まってはくれまいか」

「御冗談をおっしゃっちゃ困りますよ。彼の地では、新之助が冬を越して、手前の渡航を待っているのでございますからね」

「しかし、そう言っていたら、いつまで経っても人物は出来ん」

「と、言って、いきなりの蝦夷行きは、いかに源三郎でも、無茶ですよ。新之助に対しても、礼を失します」

「新之助には、わしも書くが、りゅうからも断りを書かせればよかろう」

「新之助には、手前はりゅうの兄として接してはおりませぬ。兄上が召し抱えられた……」

「少し、うるさいね」

与右衛門も珍しく頰を脹らませた。

昨年の暮、与右衛門は孝兵衛を説いて、漸く江州へ帰国させることに成功した。どうやらよとの仲も円満に治まったらしく、孝兵衛は一と月ばかりも滞在して、下向した。その孝兵衛に、与右衛門は更にりゅうを伴って湯治に行くことを薦めた。意外にも、素直に承知した孝兵衛は、りゅうを伴い、伊豆熱海の勘太郎湯に赴き、数日前帰って来たのであった。従って、若しも孝兵衛に蝦夷渡航を思い止まらせることが出来れば、万事は与右衛門の思いのままに運んだということが出来よう。

そこへ女中が銚子を運んで来て、言った。

「おりゅうさまがお見えになりましたが」

孝兵衛が不機嫌に言った。

「まだ話がある。待たしておいて貰おう」

が、与右衛門は急に機嫌を直した声で言った。

「いや、孝兵衛、お前さんの頑固には、わしも負けましたよ。丁度よい、りゅうを呼んで、蝦夷渡航の内祝いと致そうか」

「えっ、本当ですか。今度は偽りじゃございませんでしょうね」

「諦めたよ。その代り、源三郎を伴って行け」

「承知しました。よし、今夜は飲みましょう」

「うむ、大いに飲もう」

りゅうは鶯茶の地色に、崩し松と御所車を友禅に染めた小袖に、黒繻子(くろじゅす)の帯を締めていた。その小袖はわざわざ京の染屋に染めさせて、与右衛門が贈ったものであった。りゅうは与右衛門の前に坐ると、丁寧に頭を下げた。

「この間中は、有難うございました」

「勘太郎湯では、たっぷりかわいがってもらったことだろうな」

「そりゃ、もう、あんな愉しいことはございませんでしたわ」

「それはよかった。花はどうだったな」

「早、ちらほら咲き初めておりました。随分、暖い所なんでございますわね」

りゅうは与右衛門と孝兵衛に酌をした。

「さあ、りゅうも飲め。三人、水入らずで、蝦夷行きの内祝をしよう。なあ、りゅう、今夜は酒を進めてもよもや叱られることもあるまいな」

「では、やっぱり、蝦夷へお渡りになりますの」

「先刻から、口を酸うして口説いたが、どうしても聞き入れてくれんのじゃ。女の髪は大象をも繋ぐというが、何とか引き留める手だてはないものかな」

「いや、それでは、またお約束が違うようですな。それより、さあ、大いに祝って下さいませ。今年は、海産物の方も大量に手に入る手配になっておりますし、例の燃える石もどうなってお りますか、格別楽しみでございますわい」

「なあ、孝兵衛、松前に分店を設けるか」

「あちらへ参りました上で、とくと考えてみましょう」

与右衛門兄弟は蝦夷の話を肴にして、互に酒を汲み交わしていたが、酒に強くないりゅうは、早くも酔いを発したようであった。突然、孝兵衛の顔を見上げながら、りゅうが言った。

「ね、孝さま、その松前とやらへ、私、連れてって下さらないこと」

「何、りゅうも松前へ渡るというか。これは面白い」

「兄上までが、そんなことをおっしゃっては困りますよ。蝦夷の地がどんなところか……」

「どんなところだって、御一緒なら構わないわ。ね、連れてって、ね」

「そうだ、おりゅうさんなら大丈夫、男装すりゃいいんだ。それだったら、わしも安心する」

「冗談じゃありませんよ。あの藤吉のことだ。見つかったら、海の中へ投げ込まれてしまうわ」

「構わない。連れてって、連れてってえ」

不意に、与右衛門が腰を浮かせて、言った。

「孝兵衛、わし、ちょいと、向島へ行って来るからな」

「あれ、急に向島へ。どうかなさいましたか」

「だって、察しておくれよ。これじゃ、こっちだって、たまらないよ」

与右衛門は急いで立ち上った。

与右衛門を見送った二人が座に戻ると、いきなりりゅうが孝兵衛の膝にしがみついた。

「孝さま、お願い、松前へ行くの、やめて、やめて」

孝兵衛は例の優しい、それでいてひどく淋しげな微笑を浮かべて言った。

「駄目だよ。そんなお芝居したって、兄貴の差し金だってことくらいは、先刻、判ってしまってるんだからね」

「ひどいわ、そんなこと。私、今度ばかりは、何だか胸騒ぎがして……」

「おりゅうさんにしちゃ、その科白はちょいと古臭いやね」

「いいえ、本当のことを申しますと、熱海へお伴して、あんまり優しくしていただいたので、私、却って、何だか恐しくなりましたのよ。だって、今までに、あんな愉しいことはなかったんですもの。これからも、もうないような……」

「いや、あれはね、色事に理窟を言うな、って、兄貴に叱られたもんで、幾分悟ったところがあったんだろうよ。りゅう、わしも愉しかったよ」

燭台の灯の揺らめく中で、りゅうははっきりと顔を赤くした。

「しかし、お兄さまは本当に御心配になっていらっしゃいますのよ」

「それは判る。わしも新之助殿とお出会いする以外には、あんな所へはちっとも行きたくない」

「あら、それなのに、どうして思い止まって下さらないのでしょう。お兄さまは、海が、あんなにお好きなんじゃありませんか」

「だから、余計困る事情があるんだよ。その上、当節の北海には、アメリカや、ロシヤの船が盛んに往来しているのでね、兄のあの性質だもの、何をしでかしてくれるか判ったもんじゃないからね」

「そうか、男の方には、私達には判らない、御苦労がありますのね。もう、何も申しませんわ」

「りゅう、判ってくれたか」

孝兵衛は例の微笑を浮かべて、りゅうを見た。りゅうの顔には、激しく感情の騒ぎ立つのを、強く怺えている表情があった。りゅうは首を振って、言った。

「淋しい。りゅう、何だか、こう、淋しい」

孝兵衛はりゅうの手を取って、自分の膝の上に置くと、盃の残りの酒を飲み干した。酒はすっかり冷えていた。

三十一

夏の夜も明けようとしていた。五月といっても、閏五月末日のことであるから、既に梅雨も上り、今日の暑さを思わすように、青い空は次第にその色を増して行ったが、流石に朝の大気は清清しかった。快い放尿を終り、台所へ帰った久助は、まだ薄暗い中で、ひとり体を動かしていた。

板戸を下した店の間では、手代と丁稚が十人ばかり、まだ正体もなく眠っている。何分とも若い男達のことであるから、枕など頭に当てている者は殆どなく、或は蒲団から転がり落ちている者、或はすっかり逆さまになっている者等、その寝相は至って無邪気なものであったろうが、室内は暗く、定かではなかった。

聽て、いつものように階段を鳴らして、六兵衛が二階から降りて来る時刻である。

「お早うさん」

六兵衛はきまったように台所に声を掛ける。すると、振り返った久助が、これもきまったように満面に笑いを浮かべて会釈する。店の間から、六兵衛の大きな声が聞こえて来るのは、その直後のことである。

「さあ、起きたり、起きたり。もうとっくに、七つの鐘が鳴ったぞよ」

六兵衛は五十過ぎ、先代与右衛門以来の番頭であった。頑固一徹の性格で、商法の才はあまり勝れていないかも知れなかったが、与右衛門の信任は厚く、勘定方を預っていた。六兵衛の勘定は極めて正確で、二と二を加える場合にでも、六兵衛は先ず算盤の桁を定め、二つの玉を置き、それに二つの玉を弾いてからでなければ、四という答えは出さなかった。

その上、六兵衛は字も巧みだったので、いつからともなく、丁稚達に読み、書き、算盤を教える役目を引き受けていた。しかし、だからと言って、六兵衛が丁稚達の教育係を自任して、毎朝、丁稚達を起こしに降りて来るのではなかった。

この店では、一日と、十五日には、番頭達にも酒が振る舞われた。酒をあまり嗜まぬ久助の分が六兵衛に廻されるのは、一人当りの量の制限がなくなった今日でも、二人の間の奇妙な習慣になっていた。ある時、久助が珍しく口を尖らせて言った。

「わしはな、たった一つ、六兵衛さんに気に喰わんことがおすのやがな」

「わあしが、気に喰わんて。ほれは、また、なんやいな。言うてもらお」

「言いまっせ。すっぱり言わしてもらいまっせ。毎朝どすがな、なんで、また、あんな早いもんに、起きて来とくれるんやいな。あかんかて、わしちゅうもんが、ちゃあんと起きてますのにや」

「ほら、違う」

「違うて、何が、どう違うんどす」

「違う。大違いや。御主人はやな、ああ見えても、いつやかて、気、配っていなさって、おちおち休んでてもおくれんのや」

六兵衛はそう言ったが、ふと気恥しげに口を噤んだ。

「大旦那さんがどすかいな」

「ほうよいな。ほやさかい、こんな私みたいもんでも、起きて行って、子供衆を起こすのを聞いておくれたら、『六兵衛が起きたか』と、ちょいとは安心してもいただいて、せめて、ほれからでも、ぐっすり休んでもらえるかも知れんと思うてやがな」

「ほうか、ほうか、六兵衛さん。さあ、ぐっとお干しなすって」

久助は六兵衛の盃になみなみと酒を注いだものだった。

大釜を乗せた竈の火が久助の顔を赤く照らしていた。果して、今朝も、六兵衛が階段を降りて来る足音が聞こえて来た。思わず、久助は首を縮めた。その時であった。

「もし、もし」

女の声である。久助は怪訝そうに腰を上げた。

「もしもし」

いかにも四辺を憚るような声である。久助は恐る恐る言った。

「誰じゃいな」

「こちらの旦那さまの御存じの者でございます」

「何じゃいな。今頃から」

久助は勝手口の戸を僅かに開いた。りゅうであった。髪は乱れ、まるで、夏の短夜に、急に取り残されたようなしどけない姿で、りゅうは立っていた。素足の白さが、久助の目を射た。

久助はびっくりして、飛び退った。六兵衛が不思議そうな顔をして立っていた。

「あの、ほれ、あのほれなあし、女どすのやがな」

「何、女やて」

「凄い、別嬪さんどすのやがな。足もおす」

「何、足があるやて。阿呆なこというてるない」

「いんえ、二本、ちゃんとおす、というたらとことん」

奇妙な面持ちで、六兵衛は勝手口の手前から、及び腰で言った。

「誰やいな。何か、用事かいな」

「急に、旦那さまのお耳に、お入れ申さねばならないことが出来まして」

「お前さん、寝呆けてるのと違うかいな。ほれこそ飛んだお門違いというもんや」

「そうおっしゃるのも御無理ないこと。女の身で、このようなはしたないなりのまま、飛んでまいったほどの一大事。急ぎます。直ぐ旦那さまにお伝え下さいませ」

「旦那さんは、すまんことやが、今よう休んでいなさるがな」

「だから、起こしておくれって、言ってるんだよ」

「何、旦那さんを起こせやて。阿呆な、阿呆なことをぬかすない」

「ええ、じれったいね。こっちは急いでるんだからね。早く起こして来ておくれってば」

「いんや、ほんなことは出来んわいな」

六兵衛の後から、久助も顔を突き出して言った。

「やい、こら、どこからどう迷うて来やがったか知らんけんど、こんな朝っぱらから、手前のようなめんた犬には、構うていられんわい。お天道さんの上らんうちに、さあ、とっとと消え失せてしまいや。ほんまに」

「おい、おい、久助、何をそんなに力んでてくれてるんやい」

久助と六兵衛が振り返ると、与右衛門が笑いながら立っていた。

「あっ、旦那さん」

「いんえ、旦那さん、いきまへん。六兵衛があんばいよう致しますよって、どうぞ休んでておくれやす」

「おや、りゅうじゃないか」

「いんえ、旦那さん……」

与右衛門は六兵衛の止めるのも聞かず、りゅうの前に出た。りゅうは与右衛門の顔を見ると、いきなり落涙した。

「おい、おい、どうしたっていうんだ」

「お話しなければならないことが……」

「よし、出よう」

「いんえ、旦那さん……」

与右衛門は無造作に草履をつっかけると、勝手口から出た。

「もしもし、旦那さん、ほれは、わしの……」

あわてて、久助はそう言いながら、奥へ入り、桐下駄を持ち出して来ると、急いで与右衛門の後を追った。

問屋街の店店はまだ板戸を下し、静まっていた。

「旦那さん、ほれは、わしの草履どすがな」

「おお、ほれはすまんことやったね」

与右衛門は二三歩引き返し、下駄に履き換えた。りゅうはその前方を、俯向き加減に、千鳥橋の方へ歩いて行った。

「どうしたんだ。さあ、その話を聞こう」

りゅうに追いついた与右衛門は、りゅうの耳の後でそう言った。りゅうは前方を直視したまま、言った。

「夢を見たんです」

「ほほう、夢をね」

「兇（わる）い夢なんです。いえ、夢じゃありませんわ。一面に、網の目が映ったんです。その中に、あの方の顔が、浮かんだんです。そこまでは夢です」

「夢だよ。そんなの、夢にきまってるじゃないか」

「私、びっくりして、飛び起きました。その時、確かに、あの方の姿が、さっと波の中に消えて行ったんです」

「りゅうともあろう人が、随分、寝呆けてくれたもんだね」

「いえ、その後も、ほんの暫くの間でしたけれど、襖の上に、波が騒いでいるのを、確かに見たんですもの。私、慄えが来て、歯の根も合わんくらいでした」

急に、与右衛門は押し黙って、先に立って歩いて行く。

「最初は一寸お苦しそうでしたけれど、直ぐ、いつものような……」

不意に、りゅうは顔を覆うて、嗚咽した。しかし、与右衛門は振り返ろうともせず、浜町堀に沿って歩いて行った。

与右衛門は無理にあけさせた小料理屋の小座敷で、りゅうと向き合って、冷酒を飲んでいた。既に、太陽は上ったらしく、家家の甍（いらか）は朝の日に輝いていたが、浜町堀の水面はまだ静かな影の中にあった。その川岸に、一艘の舟が舫（もや）っていた。朝食の焜炉（こんろ）を煽（あお）ぐのか、薄暗い胴の間から、時時、火の粉が散っている。

「りゅう、解ったよ」

突然、与右衛門が華やかな笑顔をりゅうに向けて言った。

「ほら、去年の秋、孝兵衛が国へ帰った後、彦根のお屋敷からお使いがあってさ、お前さんが夢を見たことにして、直ぐ孝兵衛の後を追ったことがあったろう」

「ええ、でも、それが……」

「それだよ。その時、偽りに作った夢が、奇妙なことに、孝兵衛には思い当る節があったという」

「そうなんですの。唐丸駕籠には小さな窓があるんですって。いつも、不思議だって、よく話して下さったわ。その窓から、外を見ていると、何だか変な気持になりになったんですって。その目を、その目が……」

りゅうは恐怖の表情を浮かべた。

「馬鹿。二人で出鱈目に作った夢が、まぐれ当りに、当ったまでのことじゃないか」

「初めは、一寸苦しそうだったけれど、直ぐいつものような優しい、でも、あんな淋しい目って、知らない」

「そうじゃないよ。そういう兇い夢を見やしないか、見やしないかと、絶えず怖がっているもんだから、却って、それが夢になったんだ」

「夢じゃない。襖に、はっきり網が映ったんですもの。あんな、淋しがり屋が……」

りゅうはいきなり顔を覆い、声を殺して、噎び泣いた。与右衛門は殊更りゅうを無視する風に、茶碗酒を傾けていたが、突然、取ってつけたように笑い出した。

「孝兵衛は果報者だよ。りゅう、あの晩は、よっぽどかわいがってもらったらしいね」

りゅうは涙に濡れている目を上げ、ひどく真剣な表情で言った。

「お兄さまの前だけど、だから、私、余計、恐しいの」

「ぶつよ」

「ぶったっていい。まるで、普通じゃなかったんですもの」

「おい、おい、りゅう、それなら、この与右衛門に礼を言ってもらいたいね」

「いいえ、それも聞いたわ。けど、そんな、生優しいことじゃなかったんですもの」

切るような、りゅうの激しい視線に、与右衛門は彼にもなく目を外らした。一瞬、与右衛門の顔にも、一抹の不安な表情が掠めた。

「おお」

与右衛門はそんな自分の弱さをごまかすかのように、一気に酒を飲み干した。

不意に、岸を打つ波の音が聞こえて来た。丁度、舫っていた舟が綱を解いたところだった。赤児を負った女が、舟端に倒れるようになって、肩で竿を押して行く。その赤い腰巻の間から、逞しい脚が見えた。与右衛門は体の中に強い力の湧くのを覚えた。或は、それは多分に色欲的なものであったかも知れないが、生きる者の喜びにも似た、ひどく健康な感情を伴っていた。

「夢の話なんか、馬鹿馬鹿しいわ」

与右衛門は高い笑声とともに言い捨てると、りゅうの方を向いて、優しく言った。

「りゅう、心配することはない。孝兵衛はそんな弱い男じゃないんだからね」

三十二

料亭「梅ヶ枝」の一室へ、与右衛門は女中に案内されて入って来た。与右衛門は大切そうに風呂敷に包んだものを抱えていた。孝兵衛の骨壺である。

「毎日、なんてお暑いのでございましょうね」

女中がそう言いながら、障子を両方に開いた。その下に、隅田川が緩く流れてい、流石に川風が涼しく吹き込んで来た。

「おお、涼しいね」

与右衛門は孝兵衛の骨壺を抱いたまま、川に向かって立った。夏雲を映した川の上には、上り、下る舟の姿があった。

「いらっしゃいませ。いつものように、見つくろわせていただきまして……」

「二人前だよ」

「はいはい、お連れさまがいらっしゃるのでございますか」

女中は二枚の座蒲団を並べて敷き、与右衛門の後姿に一礼して、出て行った。その間、与右

衛門は一度も振り返らなかったが、女中の足音が去って行くと、腕に抱えていた骨壺を両手に持ち換え、

「よい景色やね」などと言いながら、それを高く上げたりしていたが、漸く席に坐ると、座蒲団を引き寄せ、その上に骨壺を置いた。

膳部を運んで来た女中は、座蒲団の上の風呂敷包みに目を遣ると、何気なく手を差し出した。

「そのお荷物、お床の間にいただきましょうか」

与右衛門はあわててその手を遮って、言った。

「阿呆、これに触ってはいかん」

「あれ、そんな恐しいものが入っているのでございますか」

「うむ、恐しいもんだ」

「へえ、震いつくような、恐しいものじゃございませんの」

「そうだ、ざくざくと入っているわ」

「おお、こわや。このようなものには、触らぬ神に祟りなし。さあ、どうぞ」

与右衛門は盃を差し出した。女中がなみなみと酒を注いだ。与右衛門は微笑を浮かべて言った。

「お疲れだったろう。さあ、今日はうんと飲もうな」

「どうぞ、お過し下さいまし」

弘化三年（西暦一八四六年）閏五月二十六日早暁、蝦夷の上余市沖合で、孝兵衛は海に落ち

て、死んだ。新之助と源三郎は漸く孝兵衛の亡骸を得て、荼毘に附した。源三郎は竹生丸に止め、新之助は孝兵衛の遺骨を持って、便船に乗じ、仙台に上陸した。その新之助が、昼夜馬を馳せ、藤村店に帰り着いたのは、昨夜の五ツ半時（午後九時）頃のことであった。

与右衛門は包み紙を解き、孝兵衛の骨壺の蓋を取った。途端に、大粒の涙が零れ落ち、灰白色の骨片を濡らした。与右衛門はあわてて、両手で顔を覆い、太った肩を波打たせて、慟哭した。新之助はいかにも若者らしい悲痛な表情で、固く口を結んでいた。

与右衛門は、しかし直ぐ泣き止むと、またそっと壺の中を覗き込んだ。

「孝兵衛の馬鹿もん奴が」

一言そう言い捨てると、与右衛門は急いで目をそらして、仰向いた。時時、片手を上げて、目のあたりを押えているので、やはり涙を怺えていることが判った。

「孝兵衛の弱虫」

また、与右衛門は急いで目をそらした。新之助が容を改めて言った。

「何かお考え違いをなさってるのではないでしょうか」

「それならば、何故、このような姿になって帰って来た。意気地なし奴が」

「何も、好きこのんで、このような姿になられたのではございますまい」

「何、好きこのんでなったのではない、と言うか。孝兵衛、そうか」

「今年は格別な意気込みでございまして、先ず、函館の北方、桔梗ヶ原の土地を開かれ、陸稲、小麦、ジャガタラ芋、黍、粟、豆、南瓜等、いろいろの種を植えられました」

「おお、そうだったのか。孝兵衛」

「その種も、多く寒冷の地のものを選ばれましたようで。昨年、お話があったものか、この春になりますと、津軽、陸奥の渡海人達が、手前の宿泊しておりました本願寺の休泊所へ、『ゴボ』などと認めたものを、届けてくれたものでした」

「久助」

そこへ久助が新之助の食事を持って入って来た。与右衛門はあわてて孝兵衛の骨壺に蓋をした。

「冷でよい。徳利ごと持って来い」

「ほんなこと、旦那さん、何どすいな」

「皆は休んだろうな。久助も休んでくれてよい」

「ほんなこと、この暑いのに、早から寝られますかいな」

久助が立ち去ると、新之助は話を続けた。

「その上、新しく権利を得られました余市の漁場が、今年は鯡の素晴らしい豊漁でございまして、数の子を取るやら、鯡を干すやら、更に、魚粉にして肥料を製することにも成功致されたようで、何とか申す大阪の問屋が、一手買い取りを申し入れたとか、言っておられたが」

「お待遠さんどした。夏時でも、御酒ばっかりは、熱うおせんとな」

久助が酒を運んで来た。与右衛門は二つの茶碗に酒を注ぎながら言った。

「子供衆を、早う寝かせてやってくれ」

「はい、畏りましてございます」

新之助は茶碗を取り上げ、一寸苦しげな表情を浮かべたが、一気に酒を飲んだ。

「ほう、大分、お手が上ったようだね」

「何しろ、師匠が師匠でしたからね」

新之助はふと言葉を切って、淋しげに微笑した。

「漸く、鯡の漁期も終りに近づきましたので、愈愈石狩の探検を決行することになっていたんです。その二三日前の晩のことでした。やはりこうして酒を飲みながら……」

拍子木の音がして、丁稚の幼い声が聞こえて来た。

「火のヨウジン、火のヨウジン……」

「北天の星は格別綺麗でした。風は肌に寒く、焚火の焔が妙に懐しいような晩でしたが、『兄貴はひどい人だ。自分は呉服屋の番頭だとばかり思っていたら、百姓はしなければならず、魚は獲らなければならず、しまいには山掘りにまで出かけんならんわ』と、大いに笑っておられまして、至って元気だったんですが」

「火のヨウジン、火のヨウジン……」

丁稚の声は土蔵の方へ廻って行く。

「そうか、それでは体が幾つあっても足りなかったか。疲れ過ぎていたんだね」

「そうかも知れません。御自分では、これさえ飲めば、疲れなど一度に吹き飛んでしまうと、おっしゃってはいましたが」

「ふむ。して、二人で小舟を漕ぎ出した、そのアイノというのは」

「オシキネの伜、ホニンと申しまして、昨年、御自分が手なずけておかれた者で、親子とも、神のように慕っておりました」

「海は荒れていたのか」

「それが、至って静かだったんです。或は、北海の朝明けが、あんまり素晴し過ぎた、とでも考えるより他はありません。ホニンは魂の抜けた人間のように『旦那さまは天にお昇りになりました』と申して……」

「火のヨウジン、火のヨウジン……」

はっと、女中は与右衛門の顔を見上げて、言った。

「えっ、何か、おっしゃいましたか」

「うむ、いや、何も言わない」

「お連れさん、どうなすったんでしょうね」

「連れって」

「あら、旦那さん、どうかなすったんじゃない」

その時、廊下に乱れた足音がして、突然、りゅうが現れた。

「まあ、ひどい、こんな所に、いらっしたの」

泣き腫らしたりゅうの目は、異様な光を帯びていた。

「今、使いを出そうと思ってたんだよ」

「探したわ。お店だって、大騒ぎしているらしい」

「暫く、騒がせておけばよい」

与右衛門の傍の孝兵衛の骨壺に、りゅうの目がとまった。瞬間、りゅうの顔には、極度に緊張した感情が急に崩壊する寸前の、あの淫らなような表情が浮かんだ。が、その時、与右衛門が言った。

「りゅう、泣くな」

その語気に、威竦(いすく)められたように、りゅうは涙に耐える表情のまま、崩れるように坐った。

「馬鹿、泣く奴があるか。さあ、飲むんだ」

りゅうはぽろぽろと涙を零しながら、子供のように頷くと、盃に口を当てた。女中がそっと立ち上った。

「これだよ」

与右衛門は銚子を持ち上げた。

「今も、二人で、相談したんだが……」

「えっ、二人ですって、誰と」

「勿論、孝兵衛とだよ」

「駄目、そんな強がりおっしゃったって」

「強がりじゃない。孝兵衛が死んで、孝兵衛が、わしにとって、どんなに大事な人であったか、ということが判った。けんど、わしは負けん。却って、わしは元気が出て来たんだ」

与右衛門は一気に酒を飲み干し、心中の何者かと闘うように、太い息を吐いた。

「さあ、飲め」

「泣かしても下さらないんだもの。飲むわ」

「うむ、飲め。死ぬ者は死ぬんだ。わしは生きる。りゅうも生きるんだ」

りゅうは思わず、与右衛門の顔を見た。最早、その顔に苦渋の色はなかった。

「りゅう、明日な、内輪だけでお経を上げてもらって、明後日、新之助殿と三人で国へ発つことにしたよ」

「えっ、兄もまいるんでございますか」

「孝兵衛の骨を、新之助殿に持ってもらうんだよ。孝兵衛も満足だろう。それに、新之助殿には引き合せたいお方もあるんだ」

「でも、兄は便船のあり次第、また蝦夷へまいるように申してましたが」

「孝兵衛のいなくなった今日、新之助殿はわしにはなくてはならぬ人だよ。でも、自分の勝手ばかりも言っておられまいからな」

「と、申しますと」

「新之助殿には、大分蝦夷がお気に入りのようだが、あれだけの人物に、いつまでも商人の真似をさしておくわけにはいくまいて」

「すると、もしや、そのようなお話でもございますのでしょうか」

「彦根では、この二月、御末弟の直弼さまが御後嗣にお決まりになったんだ。それがまたお侍にしておくのは惜しいようなお方でな、新之助殿をお望みとある。またまた海辺の事情が騒がしくもなって来た今日、蝦夷一年の経験も、まんざら無駄でなかったかも知れない」

「母が、もしもそのようなお話を承れば、どんなに喜ぶことでしょう」

「そうだ、母上には、幾分罪滅しが出来るかも知れないな」

与右衛門は盃を干して、りゅうに差した。盃を受けるりゅうの手が心持ち慄えた。

「りゅう、その上に、まだ喜んでもらう話があるんだよ。彦根さまと同じく、わしの跡取りにも、孝兵衛の忰を貰うことにしたよ。孝兵衛が快く承知してくれたんだ。どうだい」

そんなと呆けたことを言いながら、与右衛門の顔には不敵なものがあった。与右衛門は太った胸をはだけ、汗を拭いた。その膝許には、まるで与右衛門が抱きかかえているような恰好で、孝兵衛の骨蓋が置いてある。

複雑な感情が、りゅうの頭に湧いた。与右衛門がひどく頼もしいようでもあったが、憎らしくもあった。男の世界の厳しさがりゅうを圧した。

一時に、酔いを発したりゅうの脳裏に、一瞬孝兵衛の顔が映った。その顔は夢の中で刻まれたものであるから、却って実感は少しも薄れていなかった。突然、りゅうは与右衛門の前に泣き伏した。

「泣くか。泣きたかったら、泣くがよい」

与右衛門の胸にも、不意に、激しい感情が込み上げて来た。それは孝兵衛が死んだ悲しみというよりは、いたものがいなくなったという、得体の知れぬ淋しさだった。言わば、天を仰いで、号泣したいような、頑是(がんぜ)ない激情であった。

泣くまいとして、りゅうは却って身を悶えて、激しく噎び泣いた。上体が俯伏せになっているので、黒地明石の着物を着ているりゅうの臀部が、黒い満月のように与右衛門の目に入った。瞬間、与右衛門は奇怪な、しかしひどく甘美なものが、体の中に動くのを感じた。与右衛門はりゅうの肩に手を当てて言った。

「そうだ、りゅう、二人で蝦夷へ行こう」

「えっ」

りゅうは、思わず、泣き顔を上げた。が、与右衛門の異様な視線を感じると、りゅうは涙を飛ばして、激しく首を振った。

「もう泣くな。孝兵衛が開いた畑には、穀物が熟しているのだ。漁場には、魚が跳ねているのだ。りゅう、蝦夷へ行こうよ」

泣き濡れたりゅうの目に、急に輝くものがあった。

「りゅう、蝦夷のものは、漁場も、農地もみんなお前のものだ」

瞬間、りゅうは再び泣き出すような顔をした。が、次ぎの瞬間、男の生命が隆隆と漲っていくのを、りゅうは見てしまったのだ。

「りゅう、敵打ちだ。帯を解け」

りゅうはいざりながら、喘ぎながら、その手は後に廻っていた。

与右衛門は異様な唸り声とともに、りゅうに襲いかかった。りゅうは仰向けざまに倒れた。りゅうは、その途端に、無惨な声を発した。

与右衛門は上から、りゅうは下から、しっかり体を抱き合ったまま、動かなかった。まるで、孝兵衛の体を呑み、こんな骨片にして返して寄越したような奴に戦いを挑むためには、こうするより他に方法のなかったことを確かめ合っているかのように。

三十三

文化(西暦一八〇四年—一八一八年)末年以後、海辺の事情は一時小康を保っていたかに見えたが、(註一。西暦一七八九年、フランス革命起る。一八〇四年、ナポレオン皇位に即く。一八〇五年、ナポレオン、アウステルリッツにオーストリア、ロシアの連合軍を破る。一八一二年、ナポレオン、モスクワに敗れる。一八一五年、ワーテルローの戦。神聖同盟。註二。一七六八年、アークライトの紡績機、一七六九年、ワットの蒸気機関、一七八五年、カートライトの織布機、一八〇七年、フルトンの蒸汽船、一八一四年、スチヴンソンの汽車が発明された。一八一九年、蒸汽船が大西洋を横断。一八二五年、初めて汽車が運輸に用いられた）天保末年から弘化に入ると、再び異国船の出没が烈しくなって来た。

天保十四年（西暦一八四三年）十月、外国船東蝦夷に来る。同十日、英艦琉球八重山島に来り、上陸す。十二月、他の英艦宮古島に来り、海辺を測量して去る。

天保十五年（西暦一八四四年）三月十一日、琉球那覇港へ仏艦一隻投錨（とうびょう）し、通商を請う。六月十六日、和蘭（オランダ）人、長崎にて本国軍艦の来朝を報じ、且つ武器を検することを止め、祝砲を発する時、答砲を発することを請う。同十九日、幕府、和蘭人に寛待の処分を為さしめ、答砲を発することを許さず。七月二日、和蘭軍艦バレンバンク長崎に入港。八月四日、和蘭使節コープス、国書を幕府に呈した。

鍵箱之上書和解

「この印封する箱には和蘭国王より
日本国帝に呈する書簡の箱の鍵を納む。この書簡の事を司るべき命を受くる貴官の開封し給ふべし。

暦数千八百四十四年二月十五日
瓦刺汾法瓦に於て記す
和蘭国王密議庁主事名花押」
鍵箱之封印和解
（文字を読むことが出来なかった）
書簡外箱上書和解
「日本国帝殿下　和蘭国王」
書簡和解
「神徳に倚頼する和蘭国王兼阿郎月、納騒のブリンス魯吉瑟謨勃児孤のコロノトヘルコフ微爾列謨第二世謹て江戸の政庁にましまして徳位最も高く威武隆盛なる大日本国君殿下に書を奉して微衷を表す。冀はくは殿下観覧を賜ひて安静無為の福を享け給はんことを祈る。
一、抑今を距る事二百余年前に世に誉高くましませし烈祖権現家康より信牌を賜り、我国の貴国に航して交易する事を許されしよりこのかたその待遇浅からず、甲必丹も年を期して殿下に謁見するを許さる。聖恩の隆厚なる実に感激に勝へす。我も亦信義を以てこの変替なき恩義に答へ奉り、いよいよ貴国の封内をして静謐に庶民をして安全ならしめんと欲す。然りといへとも今に至るまで書を奉るへき緊要の事なく、且交易の事及ひ尋常の風説は抜答非亜及ひ和蘭領亜細亜諸島の総督より告け奉るを以て両国書を相通することあらさりしに、今爰に観望し難き一大事起れり。素より両国の交易に拘にあらす。貴国の政治に関係する事なるを以て未然の患を憂ひ始めて殿下に書を奉す。伏して望む此忠告に因りて其未然の患を免れ給はん事を。

一、近年英吉利国王より支那国帝に対し兵を出して烈しく戦争せし本末は我国の船毎年長崎に至りて呈する風説書にて既に知り給ふへし。威武盛りなる支那国帝も久しく戦ひて利あらす、欧羅巴洲の兵学に長せるに辟易し終に英吉利国と和親を約せり。是よりして支那国古来の政法甚た錯乱し、海口五所を開いて欧羅巴人交易の地となさしむ。其禍乱の原を尋るに今を距る事三十年前欧羅巴の大乱治平せし時、諸民皆永く治化に浴せん事を願ふ。其時に当りて古賢の教を奉する帝王は諸民の為に多く商賈の道を開きて民蕃殖せり。しかりしより器械を造るの術及ひ合離の術に因りて種々の奇巧を発明し、人力を費さすして貨物を製するを得しかは、諸邦に商賈蔓延して反て国用乏きに至りぬ。中に就きて死威世に輝ける英吉利は素より国力豊饒にして民心巧智ありといへとも、国用の乏きは特に甚し。故に商賈の正路に拠らすして速に利潤を得んと欲し、或は外国と争論を起し、事勢已むへからす、故を以て本国より力を尽し其争論を助くるに至る。これらの事によりて、其商賈支那国の官吏と広東にて争論を開き終に兵乱を起せしなり。支那国にては戦甚た利なく。国人数千戦死し且つ数府を侵掠敗壊せらるるのみならず数百万金を出して火攻の責を贖ふに至れり。

一、貴国も今亦此の如き災害に罹り給んとす。凡そ災害は倉卒に発するものなり。今より日本海に異国船の漂ひ浮ふ事古よりも多くなり行きて、是の為に其船兵と貴国の民と忽ち争論を開き終には兵乱を起すに至らん。これを熟察して深く心を痛ましむ。殿下高明の見ましませは必す其災害を避る事を知り給ふへし。我も亦安寧の策あらんを望む。

一、殿下の聡明にましまます事は暦数千八百四十二年、貴国の八月十三日長崎奉行の前にて甲必丹に読聴かせし令書に因りて明なり。其書中に異国船を厚遇すへき事を詳に載するといへとも恐くは尚いまた尽ささる所あらんか。

其の主とする処の意は難風に逢ひ、或は食物薪水に乏しくして貴国の海浜に漂着する船の所置にのみに在り。もし信義を表し、或は他のいはれありて貴国の海浜を訪ふ船あらん時の所置は見へす。是等の船を冒昧に排擯し給はは必す争端を開かん。凡そ争端は兵乱を起し、兵乱は国の荒廃を招く。二百余年来我国の人貴国に留り居し恩恵を謝し奉らんか為に、貴国をして此災害を免れしめんと欲す。古賢の言に曰、「災害なからんと欲せは険危に臨む勿れ。安静を求めんと欲せは紛冗を致す勿れ」

一、謹て古今の時勢を通考するに、天下の民は速に相親しむ者にして其勢ひ人力のよく防く所にあらす。蒸気船を創制せしよりこのかた各国相距ること遠きも猶近きに異ならす。かくの如く互に好みを通る時に当り独り国を鎖して万国と相親まさるは人の好みする所にあらす。貴国歴代の法に異国人と交を結ふ事を厳禁し給ひしは欧羅巴洲にて遍く知る所なり。老人曰、「賢者位に在れは特によく治平を保護す」故に古法を堅く遵守して反て乱を醸さんとせは、其禁を弛むるは賢者の常経のみ。これ殿下に丁寧に忠告する所なり。今貴国の幸福なる地をして兵乱の為に荒廃せさらしめんと欲せは、異国人を厳禁する法を弛め給ふへし。これ素より誠意に出る所にして我国の利を謀るには非す。夫れ平和は懇に好みを通するにあり。懇に好みを通するは交易に在り。冀くは叡知を以て熟計し給はん事を。

一、此忠告を採用し給はんと欲せば

殿下親筆の返翰を賜るへし。然らは又腹心の臣を奉らん。此書には概略を挙く故に詳なる事は其使臣に問ひ給ふへし。

一、我は遠く隔りたる貴国の幸福治安を謀るか為に甚た心を痛ましむ。これに加るに在位二十八年にして四年以前に譲位せし我父微爾列謨(イルレム)第一世王も遠行して悲哀に沈めり。

殿下亦これらの事を聞しめし給はは我と憂労を同ふし給はん事明なり。

一、此書を奉するに軍艦を以てするは

殿下の返翰を護して帰らんか為のみ。又我肖像を呈し奉るは至誠なる信義を顕さんか為のみ。其余別幅に録する品は我封内に盛に行はるる学術によりて致すところなり。不腆(ふてん)といへとも我国の人年来恩遇を受候しを聊謝し奉らんか為に献貢す。向来不易の恩恵を希ふのみ。

一、世に誉れ高くましませし

父君の世久々多福を膺受し給ひしを眷佐せる神徳によりて、

殿下も亦多福を受け大日本国永世疆りなき天幸を得て静謐敦睦ならん事を祝す。

即位より四年暦数千八百四十四年二月十五日。瓦刺汾法瓦(ガラヘンハーガ)の宮中に於て書す。

微爾列謨（イルレム）

テ、ミニストル、ハン、コロニヱン　瑪陀（マノド）」

弘化二年（西暦一八四五年）二月十七日、米国捕鯨船メルカトル号、日本漂民二十二人を送りて安房館山浦に来り、更に浦賀に進む。忽ち、数百艘のわが兵船之を取り囲み、武器を取り上ぐ。三月、幕府より命あり。「清蘭二国の船に非ずして、漂民を送り来るものあるも、之を受け取らざるを国法とすれども、此度は特例を以て之を許す」と。同十五日、薪水食料を得て退帆す。五月、英船琉球に来る。この頃、英仏人琉球に渡来し、就中仏人の通信交易を強請し、天主教を伝道せんとするの報、島津氏を経て、幕府に達す。六月一日、幕府、和蘭の船長及び宰相に宛て、返書を贈る。

「我国往古ヨリ海外ニ通問スル諸国少ナカラザリシニ、四海太平ニ治マリ法則ヤヤ備リ、朝鮮・琉球ノ外ハ信ヲ通ズルㇳ（コト）ナシ。貴国ト支那ハ年久シク通商スルト雖、信ヲ通ズルニハアラズ。然シテ去秋貴国王ヨリ書簡ヲサシコシ候トイヘドモ、厚意ニメデテ夫ガ為ニ答ヘレバ信ヲ通ズルㇳニシテ、祖宗ノ厳禁ヲ犯ス。是我私ニアラズ、故ニ返簡ノ沙汰ニ及ビガタシ。然リトイヘドモ多年通商ノ好ヲ忘レス衷誠ノ致ス所悦喜之ニ過ギズ、其懇志ノ程聊会釈ニ及バザレバ礼節ヲ失ヒ、且誠意ニ戻ル。依ㇾ之其重役ヘ書ヲ贈リテ其厚ヲ謝ス。又品々贈越セシト雖、返簡ニ及バザル上ハ受納シガタシ。然レドモ厚意ノ黙示ガタキ故、其意ニ任セテ納メ止ム。就テハ是ヨリモ会釈トシテ国産ノ品々贈リテ遣スナリ。然レバ後来必シモ書簡ヲサシコスヿナカレ。若其事アリトモ、封ヲ開カズシテ返シ遣スベシ。正ニ礼ヲ失フニ似タレドモ、何ゾ一時ノ故ヲ以テ祖宗歴世ノ法ヲ変ズベケンヤ。爰ヲ以テ他日再ビ言ヲ費スヿナカレ。此度書簡相贈リ候テモ、其返簡モ堅ク無用タルベシ。此旨能心得本国ヘ申伝フベシ。

老中　阿部伊勢守正弘
老中　牧野備前守忠雅
老中　青山下野守忠良（タダナガ）
老中　戸田山城守忠温（タダヨシ）」

七月二日、英船、食糧を求めて八重山島に来る。同三日、英フライゲート艦サラマング号長崎に来る。沿海を測量し、薪水食糧を得て去る。同月、老中阿部正弘、新に海防掛りを置き自ら掌る。

弘化三年（西暦一八四六年）四月五日、英船那覇に来り、土地を購うて永住する旨を告げ、医一人及び其妻子四人を留めて去る。同六日、仏艦一艘、琉球読谷山（ユンダン）間切（マギリ）沖に現れ、七日、那覇港に入る。五月六日、仏艦那覇より運天港に廻航す。同十一日、更に仏の一艦同港に来航す。十二日、仏の一大艦那覇に来り、十三日、運天に会同す。即ち仏の印度支那水軍提督セシルの坐乗せるフライゲート、クレオパトラ号にして、前二艘はコルフェット、サビン及びブクトリユウスなり。セシル西洋諸国の強盛の状を語り、仏国に親む利を説き、通商を約せんことを要求す。琉人鳩首して議す。

英仏の琉球侵寇の報が幕府に達すると、幕閣の有司がその処置にひどく苦慮したのは当然のことであろう。旧法の墨守に恋恋としていた幕府にとっては、もとより琉球が英仏と通商交易することを認めるわけには行かなかったが、と言って、「化外」の地にも等しい琉球のために、国患を醸すようなことは出来るはずがなかった。

琉球はもとわが国と清国との両方に属していた国で、薩藩島津氏は、祖先以来その領有を主張し、幕府も之を認めていたのであった。当時の島津氏の世子、修理大夫（斉彬）はかなり明達の人のようである。彼は内外の情勢を察し、幕府の弱点に乗じ、琉球の仏人との通商の許可を幕府に請い、更に自藩の「唐物再願」の挙に出た。つまり徳川初期に禁止された薩摩藩の支那貿易復活の願いであって、彼はこれに託して、竊かに英仏と貿易を営み、自藩の封建経済の行き詰りを打破し、将来の雄図に備えようとしたもののようであった。

閏五月十九日、異船紀伊沖に出没す。同二十五日、異船遠江沖を通航す。二十七日、米国使節ビッドル、軍艦二隻を率い、浦賀に入航して通商を求む。二十九日、幕府、琉球にて英仏両国互市の事を処理せしめるため、島津斉彬に帰国を命ず。六月一日、将軍家慶、島津父子を召し、琉球の処分を託して曰く「その地は由来卿に委任する地なれば、這回も専断して顧みざれ只国体を失はず、寛厳宜しきを得て、後患を貽す忽れ」と。又通商に関しては、「幕府よりは許否を言ひ難きも、琉球は委任の国なれば、宜しきに随うて処分すべし」と。同五日、セシル、仏艦三隻を率いて長崎に入港し、漂人保護のことを乞う。二十一日、和蘭商船、武器及び軍艦小様を齎し来る。二十七日、丁抹船、浦賀沖に来る。七月二十五日、仏艦、再び那覇に来る。八月、斉彬、頻りに兵を催し、琉球の防備を装いつつ、外国貿易の準備をなす。水戸斉昭、屡〻薩藩の動勢に猜疑の言を放ち、老中、阿部伊勢守を難詰す。同二十三日、英船三隻、琉球に来り海陸を測量して去る。二十九日、朝廷、幕府に勅して海防を厳にせしむ。左の御沙汰あり。

「一、近年異国船所々ニ相見候趣、風説内々被二聞召一候。乍レ併文道能備り武備全整候時節、殊ニ海岸防禦堅固之旨被二聞召一候間御安慮候得共、近頃其風説屢彼是被レ為レ掛二叡慮一候。尚此上武門之面々、洋蛮之事、不レ侮二小寇一不レ畏二大敵一籌策ヲ立、神州之瑕瑾無レ之様御指揮候テ、深可レ奉レ安二宸襟一候。此段宜レ有二御沙汰一事」

十月三日、幕府、禁裡附をして英・仏・米三国船渡来の顚末を奏聞せしむ。

弘化四年（西暦一八四七年）一月三日、勅して石清水、加茂両社の臨時祭を行わしめ、国安を祈らしめ給う。二月十一日、近江彦根城主井伊直亮をして川越城主松平斉典とともに相模沿岸を、会津城主松平容敬をして忍城主松平忠固とともに房総沿岸を守衛せしむ。三月二十三日、幕府、浦賀奉行を諭し、外国船の取扱いは務めて平穏ならしむ。四月二十五日、石清水社臨時祭に勅使を差遣せられ、外患を告げて神明の加護を禱らしめ給う。六月二十六日、和蘭人、再び外交の事に就きて上言す。七月二十八日、浦賀奉行を諸太夫に列し、戸田氏栄（ウジヒデ）、浅野長祚（ナガヨシ）を任ず。十一月八日、鍋島斉正、長崎砲台を増築し、大砲百門を備え付けん事を請う。幕府、多額の費用を要することを慮り（おもんぱかり）、言を左右にして許さず。

この頃になると、多くの外船がわが沿海を遊弋（ゆうよく）していたであろうが、殊に、雲霧の間に出没隠見する外船の姿を見た諸侯、代官等は、悉くこれを届け出でたので、中には所謂風声鶴唳（ふうせいかくれい）に驚かされた類いのものも少くなかったかも知れない。多くの国史年表には、次ぎのように書かれている。

是歳（このとし）、外国船頻りに来る。

〔1954（昭和29）年11月～1956（昭和31）年3月「文芸日本」初出〕

編集部注

（1）推古九年は西暦六〇一年。

（2）寛政元年は西暦一七八九年。

（お断り）

本書は1988年に小学館より発刊された『昭和文学全集第14巻』を底本としております。あきらかに間違いと思われるものについては訂正いたしましたが、基本的には底本にしたがっております。また、一部の固有名詞や難読漢字には編集部で振り仮名を振っています。

本文中には番頭、丁稚、あま、売女、百姓、妾、手代、女中、女女しい、売淫婦、男妾、帰化人、下男、日傭、犬畜生にも劣る、囲い者、夷、蛮夷、居坐り、乞食、いざり、水夫、紅毛人、部落、支那、土人、めんた犬などの言葉や人種・身分・職業・身体等に関する表現で、現在からみれば、不当、不適切と思われる箇所がありますが、著者に差別的意図のないこと、時代背景と作品価値とを鑑み、著者が故人でもあるため、原文のままにしております。差別や侮蔑の助長、温存を意図するものでないことをご理解ください。

外村 繁（とのむら しげる）
1902（明治35）年12月23日―1961（昭和36）年７月28日）、享年58。滋賀県出身。1935年、『草筏』で第１回芥川賞候補となる。代表作に『落日の光景』、『澪標』（第12回読売文学賞受賞）など。

P+D BOOKS とは

P+D BOOKS（ピー プラス ディー ブックス）とは
P+Dとはペーパーバックとデジタルの略称です。
後世に受け継がれるべき名作でありながら、現在入手困難となっている作品を、
B6判ペーパーバック書籍と電子書籍を、同時かつ同価格で発売・発信する、
小学館のまったく新しいスタイルのブックレーベルです。

筏

2023年4月18日　初版第1刷発行

著者　外村 繁
発行人　飯田昌宏
発行所　株式会社　小学館
〒101-8001
東京都千代田区一ツ橋2-3-1
電話　編集　03-3230-9355
販売　03-5281-3555
印刷所　大日本印刷株式会社
製本所　大日本印刷株式会社
装丁　おおうちおさむ　山田彩純
（ナノナノグラフィックス）

2023 Printed in Japan
ISBN978-4-09-352462-9

P+D
BOOKS